憂国者たち

三輪太郎

The Patriots

Taro Miwa

講談社

憂国者たち

1

「早く、未亡人になりたい」

まだ結婚もしていないくせに、まだ二十歳をひとつ超えたばかりの大学生のくせに、あなたはヒールの音を小気味よく立てて研究室に入って来るなり、ショルダーバッグを床に放り出して吐き棄てるようにいった。そして、椅子にどすんと腰を落として全身虚脱し、テーブルのうえに両腕でかこみをつくるとそこに顔を伏せた。

若葉を芽吹かせる樹々のどんより白濁した匂いが、微風にのって窓から流れ込む。午前の二コマをこなして汗だくになった肌とシャツのあいだに、微風が吹き込んで熱をさらっていく。二限目の授業が終わって校舎から吐き出される学生たちの声や靴音が、さわさわと潮の遠鳴りのように窓外で響く。

早く結婚したい、ではなく、早く独り立ちしたい、ですらなく、早く未亡人になりたい、とあなたはいう。なぜそんなことを、と軽々しく訊いたりすればたちまち侮蔑の視線を浴びそうなので、私は黙って見守るしかない。

「アカネは、だれにもかまわれず、好きなだけ本を読める暮らしが、理想だものね」

先に研究室に来ていたゼミ生のひとりが片手で頬杖をつき、片手でスマホを無表情にいじりながら、あなたの思いを代弁してくれる。ローン返済や子育てや介護の重荷に圧しつぶされる壮年熟年はスキップして、老後の静かな暮らしへ一ッ飛び、とりあえず結婚はするが子は持たず、伴侶にはさっさと遺影に納まってもらって、静かにロッキングチェアを揺らしながら読書を堪能したい。二十にして心すでに朽ちたり、という李賀の詩が頭をかすめる。

「未亡人になっても、遺産に恵まれるとはかぎらないだろ。パートに追われる未亡人では、ろくすっぽ本も読めないじゃないか」

次に小言爺ふうの忠告を飛ばしたのは、ゼミ内でとかく「上から目線」の発言が鬱陶しがられる男子学生の君だった。

聞き捨てならない、というふうにあなたは腕がこみの闇から顔をあげると、不機嫌を濃縮しきった声で反論した。

「相手を選べばいいだけのことでしょ。一流大学を出て、資産家のひとり息子で、短命な家系で、生真面目で……。過労で自殺でもしてくれたら、労災も入るし」

そういってまた腕がこみの闇へ、顔を引きもどす。毒には毒を。投げつけられた毒には、より一層強い毒を。おそらく君がいちばんこたえたにちがいないのは、「一流大学」の一語だったろう。

あなたも、君も、世間で呼ぶところの「一流大学」の学生ではない。予備校が公表する偏差値ランキングでは、医学部を除くうちの全学部学科は五十五から六十五までのゾーンに散らばる。「一流」ではなく、そのちょっぴり外あたり。

この「ちょっぴり外あたり」が厄介なのであって、あと五ポイント高ければ、「一流」の甘い優越感に浸ることもできたし、逆に五ポイント低ければ、俺は俺だとひらきなおることもできた。しかし、あなたも、君も、いずれの態度も許されない。

「ちょっぴり外あたり」は、就活で味わう苦しみをも格別なものにしてくれる。世間で呼ぶところの「一流企業」へいくらエントリーしても、「学歴フィルター」の篩(ふるい)にかけられてなかなか面接に辿りつけない。「一流企業」の正社員の椅子は「一流大学」の学生たちの頭数以上には用意されていないから、「ちょっぴり外あたり」の学生は力ずくで「一流大学」の学生から椅子をもぎとるしかないが、「一流企業」は「ちょっぴり外あたり」を「ちょっぴり外あたり」というただそれだけの理由で門前払いしつづけるのだ。

法学部から医学部まで六学部三十七学科を擁するキャンパスが、南横浜の海沿いの丘陵地帯にひろがっている。ここはかつて駐留米軍の将兵および家族のための住宅地だったが、一九六〇年代に土地が日本へ返還された後、大学に生まれ変わった。駐留時代の名残りは、本館周辺のだだっぴろい芝生と西海岸ふうの棕櫚(しゅろ)並木の他に何もない。

私の所属は、人文社会科学部日本語文化歴史コミュニケーション学科日本文学コースである。

旧学部名は文学部だが、文学の名ではもはや学生を呼べない、との学長の判断で十五年ほどまえに改名されたと聞く。学科はかつての日本文学科、日本史学科、言語学科、および文化人類学科、美術史学科、哲学科を統廃合したもので、学科名においても文学の名は忌避されて、ほそぼそとコース名にその名を残すのみとなった。統廃合を余儀なくしたのは選択と集中、競争力と偏差値をアップして少子化時代を生き抜くため、という今どきの大義名分である。しかし、このキメラのごとき継ぎはぎ学部学科名称を目にするたび、私は小さな怒りをおぼえずにいられない。

　専門は近代日本文学で三島由紀夫や坂口安吾や太宰治が守備範囲だが、私は純然たる大学人ではなく、大学の外で四半世紀も過ごした「ハイブリッド教員」のひとりである。父が高校教員にして組合幹部で、その思考や感性の偏狭さにうんざりして、絶対に父のようにだけはなりたくないと思って教職課程も取らず、院にもすすまず、学術系の出版社の編集者になった。幸い、勉強を奨励する職場だったので、二十代の終わりに研究に目覚め、睡眠時間を削って書きつづけた論文の量と節操のない幅ひろさとが目を惹いたのか、三年前に公募制で専任採用された。

　父に反発して教員の道から逸(そ)れたのに、いつしか教員の道に引きもどされている自分に、教員になったあとで気づいて驚いた。専任採用をだれよりもよろこんでくれたであろうはずの父は、そのときはもうこの世にいなかった。

　気恥しいことだが、初出講で黒板のまえに立ったとき、なぜか父の背に触れたような気がしてうれしかったし、うれしがる自分を斜交(はすか)いに見る、もうひとりのひねくれた自分は消えていた。

父という存在は、失うことで得るものかもしれない。親子の関係は、何と面倒な迂廻だろう。

三学部合同の研究棟は、正面玄関を入ると中央が吹き抜けになっていて、天窓で漉された乳白色の自然光がやわらかく降りそそぐ。吹き抜けをかこむ各階壁面には窓がなく、扉だけが等間隔にならぶので、学生たちはこの棟を「監獄」と呼ぶ。

それぞれの扉には教員のネームプレートと、「在／不在」の表示板が掲げられている。木っ端よりも軽いプラスチック製のネームプレートが、扉のむこうの小人物をいかにもそれらしくショーアップしてみせる。大学の内実はともかく、大学という名ひとつがしぜんと権威の霧を吸いよせてしまうわけだ。

研究室の扉をあけると十畳ほどのスペースがあり、書棚、ロッカー、可動式黒板、小型冷蔵庫などが壁ぞいにならぶ。中央の長テーブルを九人のゼミ生がかこむと、文字どおり立錐の余地もなくなるが、ゼミにはこの密集感が欠かせない、と私は堅く信じている。学生が入ると、部屋はあっというまに若者の体臭で染まっていく。発芽期の活発な新陳代謝が放つ酸味臭は、ゼミが終わったあとも部屋にこびりついてなかなか消えない。

窓から差し込む午後の陽が、ゼミ生の顔を窓側の半面だけ白く見せ、廊下側の半面を影に沈ませ、この陰翳の対比が古写真でも眺めるような気分へと誘う。ついこのあいだまで見ず知らずの他人だった若者たちとこうして膝突きあわせていることが、不思議でならない。袖振りあうも多生の縁、という仏教起源の諺がある。袖触れあうも、でなく、袖振りあうも、というところに仏教の凄みがある。この男女らと私とは、さて、どのような多生の縁で結ばれていたのだろう、などと空想してぼうっとしたりする。

四年次の春ゼミでは、三年次の秋ゼミで組みあげた卒論計画がどこまで進捗しているか、毎週ひとりずつ報告することになっている。

報告のトップバッターは、あなたが率先して引き受けてくれた。率先して、といえばただの目立ちたがり屋のようだがそうではなく、まわりの出方を見はからってから自分の出方を決めるという集団的手続きの煩雑さに、あなたの性格が耐えきれなかったせいだろう。

昼休みのあいだ、腕がこみの闇に突っ伏していたあなたは、午後のチャイムが鳴ると背筋を伸ばし、ノートをひらいた。ノートには細かい文字がぎっしり書き込まれている。

「きょうは、わたくしの当番日なので、わたくしから報告させていただきます」

伏し目がちに、あなたはゆっくりと語りだした。

「昨年度の秋ゼミでは、三島由紀夫の初期短編、ないし、中期長編のいわゆるハイデッガー三部作について書きたい、と申しましたが、先月、ある意外な事実を知って、心が揺らいでおります。で、卒論の対象を三島さんから変えることはしませんが、アプローチを大きく変えようかと思うようになりました。きょうは、現時点での考えをみんなにぶつけて反応を探り、すすむか、もどるか、判断材料にさせていただくつもりです」

卒論は、結果として本人の納得ゆくものができあがればいいわけだから、教員は対象やアプローチにはできるだけ介入しないよう心がけている。途中で学生がやる気を失うことを、教員はもっとも恐れる。彼は昔の彼ならず、卒論を書く目的は学術研究に資することでなく、大学で学んだという記憶の杭を本人のなかに打ち込むことにある。研究本位から学生本位へ、この三十年で舵は大きく切り換わった。

「その昔、ユーゴスラヴィアという国があったのを、みなさん、ご存知でしょうか」

ユーゴ？　すでに地図から消えた名だが、それと三島とどんな関係があるのだろう。

「ユーゴは、どこにあったかと申しますと、アドリア海をはさんでイタリアの東、オーストリアの南、ギリシャの北、バルカン半島のド真ん中、といえば、地図を書かなくても見当をつけていただけると思います。ユーゴスラヴィアは、社会主義国家でした。したがって、東西冷戦の時代には、ソヴィエット側の陣営に属したのですが、ユーゴはソヴィエットべったりではなく、独自の社会主義を貫いて、世界から尊敬をあつめました」

世界から尊敬をあつめた、とどこであなたが聞きつけたか知らないが、たしかに冷戦終結のまえ、ユーゴに対するそこはかとない畏敬の念が日本にはあった。私が学生時代をすごした八〇年代、社会主義への期待はまだ根絶やしにされていなかった。

「ユーゴは多民族、多宗教、多言語のモザイク国家でして、モザイク国家というのはひとつまちがえばバラバラになる危険があります。ユーゴはモザイクの弱みを強みに変えようと奮起して、民族融合の政策を推しすすめました。しかし、冷戦が終わると、モザイクにリバウンドして、分裂し、内戦をはじめます。内戦は、一九九一年から九五年までつづきました。前世紀の終わりに、ヨーロッパの端っこで戦争があったのです。とくにボスニア・ヘルツェゴヴィナという地域では、カトリックを信じるクロアチア人、イスラムを信じるムスリム人、セルビア正教を信じるセルビア人、三民族が互いに自己主張して譲らず、ここは俺たちの土地だ、おまえたちはここから出て行け、と罵りあい、激しい殺しあいをしました。死者二十万人、家を失った者二百万人。このとき、セルビア人たちはボスニア・ヘルツェゴヴィナにセルビア人共和国という国をつくりますが、そのセルビア人共和国大統領がラドヴァン・カラジッチという人物でした。最近知った意外な事実とは、このカラジッチ元大統領が三島由紀夫の愛読者であったということです。元国連事務次長の明石康さんがそう言及しているのを、ネットで見つけました。見つけた瞬間、わたくしは閃きました。カラジッチが三島由紀夫を愛読した理由を探ることによって、三島さんの文芸の本質を逆照射できるのではないか……」

わたし、といわず、わたくし、といってしまうのは、就活に人一倍熱心にとりくんで頭のなかが面接仕様になっているせいだろう。就活に人一倍熱心にとりくむということは、「学歴フィルター」に阻まれて人一倍苦い思いを味わわされているということでもある。

恥ずかしながら、私はカラジッチの名に聞きおぼえがなかった。ボスニア内戦は頻繁にCNNで報道されていたし、それを見聞きしていたはずだが、カラジッチの名が記憶から抜け落ちてしまったのは、内戦が対岸の遠い火事でしかなかったせいだろう。

「当時の新聞や雑誌からカラジッチの記事を検索すると、どれもこれも、手負いの熊のような狂信的民族主義者、もっといえば、ヒトラーの再来、のような書き方がされています。内戦中、ナチスの民族浄化を思わせる虐殺がなされた、それを指令したのがカラジッチだった、という容疑があるため、ヒトラーの再来という像ができてしまったのでしょう。その容疑によって彼は国際指名手配され、逮捕され、現在はオランダはハーグの旧ユーゴ国際戦犯法廷で裁きにかけられています。狂信的な民族主義者が三島由紀夫を愛読するのは、一見わかりやすい構図です。三島は天皇陛下万歳と叫んで切腹した人ですし、マッチョな肉体と行動を陶酔的に描く『太陽と鉄』も残しています。カラジッチが『太陽と鉄』を読んでその見かけのメッセージに共感したとすれば、実にわかりやすい話です。わかりやすすぎて、退屈なぐらい。それなら、わたくしは見むきもしません。でも、あらためてネットでカラジッチのことを調べたら、もともと彼は精神科医で、アメリカへの留学体験を持ち、詩や童話を書く作家でもあった、という事実を知りました。見かけにだまされてはいけない。彼は単純馬鹿の民族主義者などにはなれない人だった。もし、見かけに反して、狂信的な民族主義者でないもうひとりのカラジッチが、狂信的な民族主義者ではないもうひとりの三島由紀夫に魅せられたのだとしたら、これはおもしろいことではありませんか。それならば、ユーラシア大陸の東と西とのあいだで起こった精神の化学反応を追跡し、腑分けしてみる価値があるのではないか、と思ったわけです」

　初めはゆったりした話し方だったがしだいにターボがかかり、最後は畳みかける調子になった。あなたの言葉には、女子特有のまわりくどさや媚びや焦(じ)らしがまったくない。

　しかし、まあ、妙なことを思いついたものだ。ユーラシアの東と西とのあいだに起こった精神の化学反応、とは大きく打って出たが、比較文化コースやジャーナリズムコースならともかく、日本文学コースの卒論テーマとしては、納まりが悪い。

挙手があった。

手の主は、さっきまでテーブルの端っこでタブレット端末をいじくっていた君だった。黄のワイシャツに臙脂（えんじ）のベスト、下はテーブルに隠れて見えない。

「結局、カラジッチと、三島と、どっちがメイン？」

教員が問うべきことを教員の口調で、君があなたに問うた。

「両方、メイン。互いに照らしあい、膨らませあうようになれば」

あなたは軽くいなすようにさらりといったが、君はいなされなかった。

「そもそも、ふたりをつなぐことに、どんな意味があるのか、よくわからない。ひとりは国際戦犯法廷の被告人、もうひとりはさっさと死んで刑罰は受けなかったけど、クーデタの首謀者で、暴行、脅迫、監禁、威力業務妨害、職務強要の犯罪者。痴漢や窃盗とは、次元がちがう」

クーデタという語が君の口からあっさり飛び出して、私は少々うろたえた。文学研究者の狭い共同体に棲んでいる者にとっては、三島の死はまずもって文学的事件であって、政治的事件としてとらえる視線が抜け落ちてしまう。そうか、あれは、クーデタだったのか。たしかに自衛隊を煽動し、民主的手続きを経ずに武力で憲法改正を目指そうとしたのだから、クーデタにはちがいない。

あなたはうろたえなかった。

「世の中、見かけと本質が反転することなんて、いくらでもあるし、むしろ、反転するのがふつうだと思う。人間が見かけだけで割り切れるのなら、文芸なんて要らないし」

　君はまっこうから否定しにかかった。

「見かけの背後に恣意的に本質を措定して、本質を見かけに優先させるのは、倒錯的行為だろう。三島の見かけは、百パーセントの犯罪者だ。東京市ヶ谷の自衛隊駐屯地に乗り込んで、総監を縄で縛りあげて人質にした。そして、日本刀をふりまわして脅迫し、隊員を呼びあつめさせて演説し、ともに立とう、と叛乱を煽動した。総監室でバリケードをつくるとき、何人かの自衛官を傷つけてもいる。どんな天才だって、ノーベル賞受賞者だって、犯罪をおかしたらただの犯罪者だ。それが社会の掟だし、社会のケジメだということは、小学生だって知っている。文学を社会の外に置いて特権化させたい気持ちはわかるけど、それは慎むべきじゃないのか」

　たしか君の卒論テーマは尾崎紅葉と明治の新聞小説だったはずだ。ゼミ生はたいてい自分の畑を耕すのに精一杯だから、相手の畑に首を突っ込まない。なのに、君が三島についてこれほどの知識を有しているとは意外だった。

　あなたは片手でボールペンをつかみ、苛立たしそうに芯をかちかちノックしながら反論した。

「それは、文学に対する認識不足というものでしょうが。文学は社会の内にあるけど、同時に、社会の外に立って、外から社会を相対化する、だから価値がある、とわたしは思う。社会の内におとなしく納まって、社会の家具になりきったら、文芸はおしまいでしょ。三島は犯罪者であるまえに、作家なの。作家は嘘つきのプロなの。嘘つきのプロの見かけだけ信じて、どうして文学が読み解けるの？　犯罪者は犯罪者、悪人は悪人、あんたの同語反復は、笑っちゃうほど滑稽だよ」

女子学生が男子学生を呼びすてにするのはめずらしくないが、「あんた」呼ばわりするのはめずらしい。しかも、あんたの話は滑稽だ、と一刀両断した。

君の声は思いなしか、かすかにふるえているようにも聞こえた。

「同語反復を滑稽だと笑うのは、ロマン小僧の悪い癖だ。悪いが、ぼくはその手には乗らない。ロマン小僧は社会に穴をあけて、穴の外を覗きたがる。穴の外の風景も、実は社会が生み出した風景なのに、社会を超えた風景だと錯覚する。錯覚が錯覚であることに気づかない。人は社会の内でしか生きられないのだから、社会を損ねてはいけない。これがルールの第一であるべきだろ。社会を損ねないため、ぼくらは力ずくでも、犯罪者は犯罪者だという同語反復を繰り返すしかない。だから、おまえとは闘わざるをえないんだ、俺は」

「あんた」呼ばわりに対抗するに、「おまえ」呼ばわり。研究室の空気は張りつめた。

放置は危険だ、ととっさに判断して、私は行司役として身を乗り出した。

「はい、そこまで」

他のゼミ生の反応はどうか、共感の針はどちらに振れているか、気になって目の端で探ると、意外なことにあなたの側でなく、君の側に振れている。君へむけられる視線には温みが混じるのに、あなたへむけられる視線は冷やかだ。

まさか、と私は疑った。二十年まえ、三十年まえの文学部なら、こうはならなかっただろう。

授業中に「関係事故」が起きると、教員はアフターケアに最善を尽くさなければならない。「関係」は教員と学生とのそれだけでなく、学生と学生とのそれをも含む。学生の心は傷みやすく、化膿しやすい。

私が学生だった三十年まえ、大学は放任主義を標榜し、学生もそれをよしとしていた。当時と比べると、今の大学教員は中学高校なみの個別指導を求められる。教員と学生との距離はまちがいなく縮んだが、縮むことによって失われたものもありはしないか。

「駅まで、いっしょに歩きませんか」

と君に声をかけてみる。あなたにも声をかけたかったが、ゼミ終了のチャイムとともに研究室を飛び出していったので、声のかけようがなかった。

研究棟から正門まで、キャンパスには欅（けやき）並木の一本道が延びる。大気が澄んでいる日は並木のかなたに富士山の裾ひろがりを望むことができるが、きょうは霞んで見えない。

欅の枝々が左右から張り出して交叉する下を、若葉に漉された光につつまれて学生たちがぞろぞろ歩いている。君と私の目のまえを、女子学生の三人づれがショートパンツの裾を脚のつけ根まで吊りあげて、脚の長さを競いあうようにして闊歩する。君の視線をこっそり辿ると、ショートパンツの裾でなく、欅の幹に立てかけられたサークルのベニヤ看板へ行きついた。性欲の喘ぎを微塵も滲ませない眼差しの涼やかさが、私には薄気味悪い。

サークルの立て看板は、津軽三味線と薩摩琵琶の同好会のものだった。かつて大学のタテカンといえば左翼セクトから小劇団まで硬軟さまざまあったが、今は硬軟の両極が消えて、おとなしい中間領域のタテカンしかない。イデオロギーや政治の臭いは、大学から一掃された。

「就活は、順調？」

歩きながらさりげなく訊ねると、君はうーんと唸ったまま、あとの言葉がない。まずい、地雷に触れた、と私は気づいて、別の話題へ切り替えた。

「最近、どんな映画、観た？」

年に映画を百本観る、と君がゼミ文集に書いていたのを思い出し、この話題なら無難だろう、と踏んだ。近頃の大学は政治青年も文学青年も激減したが、映画青年もめっきり見なくなった。政治と文学と映画とはかつて、地下茎で淫靡にからみあっていたのだろう。

快く、というより、人が変わったように夢中で、君は答えた。

「遅ればせながら、宮崎駿の『風立ちぬ』を観ました。人気作はついあとまわしになってしまって。ただ、よくわからなかったのは、作中に堀辰雄によるヴァレリーの訳詩が引用されるんですけど、例の『風立ちぬ、いざ生きめやも』っていうやつ、DVDのジャケットでは『生きめやも』が『生きねば』になっているんです。ぼくら、万葉集の授業を受けたから、『やも』が反語だとわかるし、すると、『生きめやも』と『生きねば』が真逆の意味になることもわかるんです。真逆なものをぶつけあわせるのは高度な技かもしれないけれど、それとはどうもちがうんですよね。でも、どうして風が吹くと、『生きねば』とか『生きめやも』とかになるんでしょう」

ゼミでは問答無用の勢いで人を追いつめたくせに、こうして一対一でお喋りすると、君はやけにうねうねした喋り方をした。本音がつかみにくい。

堀辰雄は、かつて学生の必読作家だったのに今はそうでなくなった。君は映画を観ただけで、原作までは手を伸ばしていないだろう。

「伝統的な日本のレトリックでは、『風』はムジョーの比喩として使われることが多かった。ムジョーは『あゝ無情』の無情でなく、『無常観』の無常です。だから、日本的な文脈に照らすと、わかりやすい。無常の風が立つ、死が忍び寄る、だから、さあ、生きねば、あるいは、生きらりょうか」

「あ、そうか」

あまりに手軽な納得に不安をおぼえたので、私はあわてて付言をした。

「いや、ヴァレリーの意図は知りませんよ。あくまで、日本的文脈に照らしての……」

私がいい終わらないうちに、君は教員に対して教員のような口調で断じてみせた。

「いいんです。映画の理解には、それだけで充分ですから」


大学の正門を抜け、バス通りを渡り、住宅街へ入っていくと、建て込んだ丘陵斜面に春の陽が照りつけ、屋根や窓に反射して眩しい。

こぎれいな庭と車庫つきの一戸建て、学生用コーポ、低層マンション、電信柱、清涼飲料の自動販売機、町内会の掲示板、マンホールの蓋……、若いころは、こういう大量複製ふうの郊外風景が嫌で嫌でたまらなかったが、四十を越えたあたりからそうでもなくなった。どこにでもころがっている風景だからこそ、味わいがある。どこにでもあるから、どこでもがふるさとになりうる、と気がついて。

君は突然、前後の脈絡なくこんなことをいった。

「女って、なぜ、ああ嘘つきなんでしょう。見かけがすべてじゃない、見かけで人は割り切れないって、偉そうにいうくせに、やってることは逆じゃないですか。自分が二流大学卒なら相手には一流大学卒、自分が学部卒なら相手には大学院卒、自分が年収五百万なら相手は年収一千万以上、自分が非正規雇用なら相手は正規雇用、つねに自分より高いものを相手に求めて、それが当然の権利だという顔をする。自分よりワンランク上の相手を求めるのが、女の当然の権利なんですか。男女共同参画社会って、結局、男が女の風下に立たされる社会のことなんですか」

本音がつかみにくい奴だとさっきは思ったが、今度は本音がいきなり噴き出して面食らう。ゼミがはじまるまえの、未亡人云々のやりとりを踏まえての発言であるらしい。

あらためて君の見かけを上から下まで仔細に眺めなおすと、目鼻立ちのすっきりした小づくり顔、にきび痕のひとつもないつるんとした肌、腹は出ず、髪はふさふさして、歯はそろって黄ばみもない。女装させたら、女以上に女らしく見栄えがするだろう。ゼミ中はテーブルに隠れて見えなかった下半身は、細身の黒ズボンと編み上げブーツ、何の引け目も感じなくてすむその見かけに、私は年甲斐もなく嫉妬をおぼえた。冴えない見かけをうじうじ気に病んでいたかつての自分と、何というちがいだろう。

いやいや、君が問題にしているのは身体的見かけでなく、社会的見かけであった。学歴、親の年収、資産、係累……、社会的見かけは身体的見かけほど容易にわからない。私の知るかぎりでの君の社会的見かけは、安くはない学費を払える経済力を有する家庭の子弟であり、「一流のちょっぴり外あたり」の大学の人文社会科学部四年生であり、内定はまだ一件も手にしていない就活生、といったところだ。まだ何者でもないが、これから何者にもなれる。しかし、何者にもなれる可能性は、砂時計の砂のように刻一刻と細まりつつある。

「不満、でなりませんか」

と私が訊ねると、

「不満、です」

と君は即答した。

「なら、君自身が修士以上の学位を得て、正社員になって、一千万プレイヤーになればいい。単純な話じゃないですか」

と冷淡に返すと、ややあって、ひしゃげた声が君の口から漏れた。

「無理、です」

なぜ、そう簡単にあきらめるのかな、と肩を揺さぶってやりたい衝動に襲われたが、できなかった。「ちょっぴり外あたり」の大学生はおおむね自信に欠け、人生の見限りが早い。そして、逃げ込む先は、身のまわり一メートル四方のささやかな安定だ。

どう励ましたらいいいか。まずは文芸の話に引きつけてみることにした。

「ジェイン・オースティンの小説に『高慢と偏見』というのがあるでしょ。あれはロマンチックラヴにもとづく結婚と、打算ずくの結婚と、ふたつの結婚観の闘争ドラマ、という体裁をよそおった階級闘争のドラマですよね。オースティンはヒロインにロマンチックラヴも階級上昇も財産もすべて与えてしまう。だから、読者に熱烈に支持された。でも、『高慢と偏見』から二世紀経て、そろそろ男の側から『高慢と偏見』が書かれなくてはならなくなったのかもしれませんね」

いや、これでは高みの見物でありすぎる、相手は納得すまい、と気づいて、私は急いで補足した。

「女は男を年収や地位で篩にかけたがる。でも、男だって、女を美貌や料理の腕で篩にかけるから、お互いさまだといえるかもしれない。女にしてみれば、子どもを産んで育てるには、しかるべきリソースが要る。リソースの第一はカネです。フリーター同士で結婚したら、子育てなんてできやしない。学歴や地位は年収と相関するから、女は男に学歴や地位を求める。でも、経験者からいわせてもらえば、カネだけでは子育てはできない。子育てには膨大な手間隙がかかるからね。カネだけでなく、時間が要る。ところで、時間と収入というのは見事に反比例する。年収が高くなるほど、自由な時間が乏しくなる。したがって、打算ずくを極めようとするならば、高収入の女はまちがっても、自分より高収入の男と結婚しちゃいけない。カネはあっても、時間貧乏になるに決まってるから。大切なのは、年収と年収の足し算を最大化することでなく、年収と自由時間のバランスを最適化することです。仕事を一生つづけたいと思う女がそこを見まちがえると、痛い目に遭う」

君は立ち止まり、表情の飛んだ顔で、数メートル前方のアスファルトの路面をまばたきせずに見つめた。

　猫の死骸でもころがっているのかと目をやるが、君の視線の先には何もなかった。


　その晩、自宅でパソコンをひらくと、受信箱に二通のメールがとどいていた。

　一通は、君からのものだった。

〈帰り道をおともさせていただき、ありがとうございました。話をうかがって、活路がひらけてくるような気がしました。まずはお礼まで。鷲見（すみ）恭一朗〉

おともさせていただく、などといういいまわしをさらりと使えるあたり、こいつは油断ならぬ、と警戒する。帰り道をおともさせてもらっただけで礼状を送るという嗜（たしな）みは、三十年まえの私は持ちあわせなかった。

　これには返信せず、もう一通をひらく。

〈ゼミでは、みんなの反応が鈍くて、愕然としました。鷲見君の《AだからAである》式の同語反復には怒りを感じます。ものごとには裏がある。見かけと真実とはしばしば反転する。見かけを疑うところから文芸がはじまる。こんなあたりまえなことが、どうして理解してもらえないのでしょう。あいつには、わたしを理解しようという気持ちがまったくない。否定のための否定。そんなアホのために悩むのは時間の無駄なので、酒でもかっくらって、きょうは寝ます。橘アカネ〉

気丈な文面だが、文面の見かけだけを受けとることには不安があったので、返信をしたためた。

〈あなたの発表に対するゼミ生の反応を見て、私も驚きました。三十年まえなら、あなたの主張が文句なく正論で、むこうがヘソ曲がりの極論でした。ところが今や、あなたが極論で、むこうが正論であるようです。時代が変わってしまいました。価値観の対抗軸が消えて、人びとがものを疑うことをやめてしまったのでしょうか。疑え、疑え、と強迫神経症的にそそのかす時代が長すぎて、思考のバネが切れてしまったのでしょうか。危ういことです。どうか、揺らぐことのないように。峰岸〉

あなたに返信してから、君に対して返信しないのは不公平のような気がして、形式ばかりの返信をしたためた。

〈ささやかながら、お役に立てて、光栄です。ときどきは、歩きながら話をしましょう。峰岸〉

2

翌週、ふたりはふたたびぶつかりあった。

ゼミの冒頭、発言を求めたのはあなたでなく、君だった。

「先回の議論を蒸し返して、すみません。でも、あのまま終わっては引きずりそうだし、引きずるぐらいなら、とことんやった方がすっきりしそうなので、敢えて蒸し返させていただきます。今回はぼくの方から再反論を試みたいのですが、先生、よろしいでしょうか」

礼状に返信したのが幸いしたのか、君はいつになく私に対して愛想がいい。このまえはラフな格好だったが、きょうは紺のリクルートスーツにグレーのネクタイ。よろしいでしょうか、と問われて、いけません、と答えることはできないので、黙ってうなずく。あなたをちらと見ると、とっくに応戦の覚悟はできているようだった。

君は裁判官に証拠物件を提示するように古新聞をふたつ、テーブル中央にひろげて、みなの供覧に付した。ふたつとも色褪せているが、褪せぐあいに差がある。

褪せ方の深い方の第一面には、鉢巻をして白手袋をはめ、ハプスブルク朝の将校服まがいの、両ボタンで肩から腰にかけてすっと細まるデザインの、「楯の会」の制服に身をつつむ三島由紀夫が絶叫する姿が刷り込まれていた。

そして、褪せ方の浅い方の第一面には、地下鉄のフォームで何人もの乗客が横たわっているのを、駅員らが応急看護する光景が刷り込まれていた。

「どちらも、父の書棚から抜き取ってきたものです。父は記録魔で、子どものころから新聞の切り抜きを趣味にしています。とくに大事件が起こった日は切り抜かず、新聞を丸ごと保存します。きょう持参したのは、一九七〇年十一月二十五日の夕刊と、一九九五年三月二十日の夕刊です。一九七〇年十一月二十五日、三島由紀夫は『楯の会』会員の学生四人とともに、自衛隊市ヶ谷駐屯地東部方面総監部へむかいました。『楯の会』は三島の私兵組織で、会員の多くは大学生でした。三島らは総監室で総監と面会し、隙を狙って総監を縄で縛りあげ、人質にして交渉に使い、自衛官の呼集を要求します。総監部の正面玄関まえに自衛官があつまると、三島はバルコニーへ出て、演説をはじめました。自衛隊の諸君、ともに立ちあがって、憲法改正をしよう、自衛隊を国軍として憲法に明記させよう……。しかし、呼びかけがまったく通じないことがわかると、三島は天皇陛下万歳を叫んで総監室へもどり、腹心の森田とともに割腹自決をとげます。平和憲法を掲げる民主主義国家で、白昼に起こった事件です。世間は一様に、ご乱心、と受けとめたようで、防衛庁長官も、迷惑千万、と怒りました」

そこで一拍おいて、君は話をつづけた。

「さて、その二十五年後、似たような事件が起こります。一九九五年三月二十日、オウム真理教が、地下鉄丸ノ内線、日比谷線、千代田線の車内で神経ガスのサリンを散布し、三千八百人の被害者を出しました。世界のテロリストたちの教科書となった無差別テロ事件が、平和憲法を掲げる民主主義国家で、白昼に起こったのです。三島は人殺しこそしなかったけれど、民主主義の手続きをすっ飛ばし、暴力によって国のかたちを変えようとした。だから、まちがいなくテロリストです。テロは悪です。悪中の悪です。橘さんはこの凶悪事件から、見かけの凶悪性をひきはがして、その裏に凶悪ではない本質を見出そうとします。人間や事件を深読みするのは勝手ですが、深読みすることによってことがらの凶悪性を薄めるのは、社会に害悪をおよぼすことになりかねません。はっきりいって、そこは妥協できません。文学は社会あっての文学です。文学あっての社会ではない。その点、きちんと考えていただきたい。以上です」

以上です、の一言がいかにも事務的で冷酷に響いた。

視線をめぐらすと、数人のゼミ生がうなずくのが目に入った。

一九七〇年十一月二十五日の夕刊第一面を、私は手にとって眺めた。

三島が絶叫する写真の下段に別の写真が掲げられていて、それは「楯の会」会員が逮捕されたあとの、総監室内の様子を撮影したものだった。キャプションに「午後零時すぎ」とあるから、事件が午前中のまさしく白昼の死角に起こったことを再認識させられた。さあ、めしでも食いに行くか、と伸びをしながらサラリーマンが街へ繰り出す、ちょうどそのときニュースが流れる、あらかじめそこまで見通して三島は段取りをしたのであろう。

紙上の総監室には南中をすぎたばかりの陽が差し込み、窓の桟の影を絨毯のうえに長く延ばしていた。零時すぎ、とキャプションにあるのと、影の長すぎるのとそぐわない気がするが、十一月末は冬至の一ヵ月まえだから、正午でも陽の影はこんなに長くなるのかもしれない。

写真右手前のキャビネットには黒色の電話器が載っていて、受話器が首吊り死体のようにだらりとキャビネットの側面に垂れさがっている。台からはずしておかないとベルがうるさくてたまらないから、三島たちが受話器を台からはずしたのだろう。絨毯のうえには日本刀の鞘が放り出され、鞘の吊り紐がしどけなく曲線を床に描いている。

最初はそれがそれだとはっきり認識することができなかった、というより、認識することを何かが頑なに拒んだ。絨毯のうえには日本刀の鞘だけでなく、ふたつの球体がならんでいて、窓から差し込む陽がそれらの右半分を白く明るませ、輪郭をぼかしていた。図版印刷の黒の点々が、何かをほのめかそうとするが、ほのめかす寸前でほのめかされることを意識が拒む。しかし、そのほのめかしには執拗な力があって、払っても払っても払いきれず、ついにひとつの語を呼び寄せた。首。

ふたつの球体の、手前が三島由紀夫、むこうが森田、一足の靴のように、ふたつの首がペアで床にならんでいた。それは、床にならぶべきものでなく、胴のうえに載るべきものだった。そこにあるはずのないものがそこにある。あるべきようにそこにあらず、あるべからざるようにそこにある。ありようの捩れ(ねじ)が、軽い吐き気をもよおさせた。

あなたは腕組みして、テーブルの対岸の君を睨みつけた。

扇情的な写真を利用して自説への支持をつのろうとする根性を、卑しいと感じたのだろう。一小節ずつ区切り、ゆっくりとあなたは君にむかっていった。

「凶悪事件、凶悪事件って、鷲見はリピートするけど、三島さんは最初から、クーデタが成功するなんて、これっぽちも思っていなかった。あれは失敗を前提としたクーデタだった。つまり、クーデタならざるクーデタだった。わかる？」

わかる？　の語尾の抑揚が跳ねあがるのが、いかにも相手を小馬鹿にするふうに聞こえた。あなたは君のことを「鷲見」と呼び捨てにするが、三島のことは「三島さん」と「さん」づけにする。三島は味方だが、おまえは敵だ、といいたいのだろう。

君はずずずッとわざと大きな音を立てて、椅子を二十センチほど後ろに退いた。そして、足を先へ伸ばして悠然と組み、相手に負けじと腕組みした。

「狂ってる。失敗を前提とするクーデタなんて、狂ってる。じゃ、訊くが、三島は何のためにクーデタを起こしたんだ」

「死ぬためよ」

「ということは、てめえが死ぬために、自衛隊も、マスコミも、そして、天皇までも、利用したのか」

「利用とは、ちがう」

「どう、ちがう？」

「利用でなく、運命なのよ。あれは、運命だったの」

周囲からくすくす笑いが起きた。あからさまな嘲笑といってもいい。利用という語の卑俗さに比して、運命という語があまりに形而上学的で、滑稽感を誘ったのだろう。

「運命、と来るとはねえ」

君は少しも笑わず、代わりにいかにもお手上げといったふうにのけぞってみせた。

「ああやって死ぬのが、三島さんの運命だった。わたしにはそうとしか思えない」

「運命としか思えないから、運命だというのなら、それは、最低の同語反復だろ。他人のことを、さんざん同語反復と貶(けな)したくせに」

また、ここでくすくす笑いが起こった。今度は嘲笑というより、苦笑に近い。君はまたにやりともせず、強い語調で詰めよった。

「運命って、何?」

みなの目が、あなたにあつまった。

あなたは即答できず、視線を落として考え込んだ。そして、君とではなくもうひとりの自分と対話をするかのように、ゆっくり語りだした。

「たとえば、次の瞬間、大地震が来て、天井が落下して、コンクリに圧しつぶされて、わたしたちがここで死ぬ、としたら、それが運命ということになる。このとき、この場で、圧死する、それがわたしたちの運命だということになる。人は例外なく、死ぬ。不確実なことが多い世の中で、唯一確かなのが、人が死ぬということです。科学技術がいくら進歩しても、死ぬことだけは自由に操作できない。整形もできるし、性転換もできるし、アンチエージングもできるけど、死から免れることだけは、例外なくできない。これって、凄いことだと思うんです。で、重要なのは、人は、死なないと、その人がどういう人だったか、その人の人生がどんな意味を持ったか、わからないってこと。つまり、死んだあとでしか、事後的にしか、運命は定まらない。その人の人生の意味は、だから、当人には永久にわからない。三島さんは、自分の運命を偶然にゆだねることに、耐えられなかったのだと思う。だから、自分の手で、自分の運命を、無理やりにでもつかみたかった。でも、そんなこと、できないでしょ。神ならぬ身で神の真似をすれば、オイディプスのように目をつぶさざるをえなくなる。三島さんも九割九分、オイディプスになるはずだった。でも、ならなかった。そこが、運命なのよ」

負け惜しみの屁理屈のようだが、よく聴くと、情理を尽くした説明とも思われた。が、ゼミ生たちはいたって不得要領であるようだった。不得要領を示す最たるものが、君の苦りきった表情だった。

「運命というのは、危険な言葉だ。ぼくらがふだん使う言葉とは、次元がちがいすぎる。次元がちがいすぎるものを、ふだん使う言葉のなかに持ち込むと、機械仕掛けの神のように、何もかもきれいに解決されてしまう。でも、これは狡い。言葉の濫用だ。言葉の濫用によって、犯罪から凶悪性を洗い落とそうとするのは、悪質な詐欺だ……」

あれだけ情理を尽くして説明したのに、君は理解のかけらも示さない。理解しようという意志がない。わかりきったこととはいえ、さすがのあなたも我慢ならなかったのだろう、君が語り終わらないうちにバッグの持ち手をつかんで立ちあがり、長い脚をもつれさせるようにして研究室の外へ飛び出して行った。

「駅まで、いっしょに歩きませんか」

その日も君に声をかけざるをえなかった。できればあなたにも声をかけたかったが、あんな飛び出し方をされたのではどうしようもない。

木漏れ日のまだらに散る並木道を、君とふたりで黙々と歩く。先週よりも、心が重い。

正門を出て、住宅街の坂道をのぼりくだりし、駅前商店街のアーケードに入る。アーケードには柱がかしいだ板張洋館ふうのクリーニング屋や、元祖の冠を掲げるハンバーガー屋、英語表記の料金表を今も貼り出したままの理髪店などがあって、駐留米軍でうるおった過去を偲ばせる。

アーケードの八百屋と焼鳥屋のあいだに、ちゃっちい立ち呑みバーがある。立ち呑みに似合わぬ高級ウィスキーやワインが、廉価なグラス売りで楽しめると評判の店だ。バーといっても路地にトタン屋根を葺いただけのバラックで、ウナギの寝床式に奥へ奥へカウンターが伸びている。ここなら懐ろがいたまないし、相手の重い口を緩ませるにも都合がいいと思った。

ベニヤ張りの壁は人の息と煙草のヤニと排煙の煤とでくすみきり、コンクリートの床は湿気て砂利臭い。窓がなく、裸電球が三つ吊りさがるのみで、昼間も薄暗い。埃まみれのタンノイからノイズだらけのコルトレーンが流れ出す。横浜のホテルニューグランドで修業したという老バーテンダーが、よれよれのワイシャツに蝶ネクタイをしめて、カウンターのむこうでシェーカーをふる。夕暮れにはまだ早いから客はいないだろうと見くびっていたら、酒焼けした肌をもろ出しした中高年の男性客が数人、すでにできあがっていた。

「こういうところ、苦手?」

と小声で君に訊く。六〇年代生まれの私は、バラック建築で暮らした記憶はないが、それでもバラックにいいしれぬ懐かしさをおぼえてしまう。九〇年代生まれの君は、さて、どうだろう。

「かえって、新鮮です」

嘘つきッ、と私は心のなかで罵った。いったい、君はどこで年上殺しの嫌らしい術を身につけたのだろう。まったく気が抜けない。

「ラガヴリンのストレートと焼鳥を、ぼくは頼むが、君はどうする？　焼鳥は隣りの焼鳥屋からの横流しだけど」

聞き捨てならぬ、とバーテンダーがちらと視線をこちらへむけた。君は、ラガヴリンとはどういう酒なのか、訊き返しもせず、

「同じものを」

と平然と答えた。

「ラガヴリンは、ヨードチンキの臭いがする、もっとも癖の強いモルトだよ。ふつうの呑みあわせからいうと、焼鳥との相性は最悪だ。それでも、いい？」

「はい。何事も、勉強ですから」

嫌らしい、と心のなかで思いきり渋面をつくる。

先週は本題の周辺をうろうろするうち時間切れになったので、きょうはうろうろするのをやめにした。

「ここだけの話、どうなの。君と橘アカネさんとは、何かあるわけ？」

ひどい訊き方だ、と自分でも呆れたが、無難な訊き方を探すのが面倒臭い。こんな下世話な話は、さすがに研究室ではできない。

「一年つきあって、この春、別れました」

あっさりしすぎた君の答えに、私は拍子抜けした。やっぱり、と納得する一方、ふたりの関係に気づきもしなかった自分の鈍さに腹が立った。

「別れて、むしゃくしゃして、だから、あんなからみ方をするの？」

「ちがいます」

「どう、ちがう？」

「目を醒ましてやりたかったんです」

「目を醒ます？」

「アカネは、父親がいないんです。十二のとき、死別して。だから、あいつは無意識に、父親の代役を男に求める、という悪い癖があります。三島由紀夫も、代役です。峰岸先生だって、代役です。あいつがゼミ長に立候補したのも、卒論や就活に一所懸命なのも、代役である先生に褒められたかったからです。残念ながら、ぼくは未熟で、あいつの父親の代役になれなかった。それは自分のせいだけど、男と見れば代役を期待するあいつも、まちがっています。男女は水平対等な関係であって、親子の関係の転写であってはいけないでしょ。だから、あいつの目を醒ましてやりたかったんです。父の代役を求めるのは、もうやめたらどうか。それが、ぼくの精一杯の愛情表現だったんです」

嘘つきッ、とまたしても心のなかで声を放った。愛情表現、が聞いて呆れる。復讐、とはっきり認めたらどうか。おまえは彼女のことなど考えていない。自分のことしか考えていない。他人の分析は鋭くても、自分の分析は鈍すぎる。君はニーチェをもっと読むべきだ。

私が黙り込むと、君は私に理解されたと勘ちがいしたらしく、訊かれもしないのに君しか知りえないあなたの個人情報を明かした。

「あいつの家系は、夭折の家系なんです。おやじさんは四十いくつかで肺癌で死んでいるし、おじいさんも五十になるまえに白血病で死んでいます。叔父さんはたしか四十代で自殺しています。本人は、気にしていないと口ではいいますが、すごく気にしています」

あたりまえだろ、気にしない方がどうかしている。死との近しさが、自死した作家にあなたを親しませたのかもしれないし、運命という言葉にふつう以上に馴染ませたのかもしれない。しかし、早死にとはいっても四、五十代であるらしいから、既定の運命をたどったとしても、あと二十年は生きられる。私があなたの立場なら、寿命があと二十年しかないと限界づけられた方が、かえってニヒリズムに陥らずにすむ、とうそぶくかもしれない。それにしても、四十代の死が、今や「夭折」か。

薬臭のきついモルトのストレートを咽喉に注ぎ込むと、目に見えない体内の傷が内側からきれいに消毒されていくような気がする。強い苦味にじっと耐えていると、ある時点で苦味が意想外のまろやかさに転じて、咽喉の奥から口蓋へ這いあがってくる。

「いけますねぇ」

と君が感心するのを見て、鼻白む。この苦味の奥深さが二十歳そこそこの若者にわかってたまるか。

「そう、それはよかったね」

うっちゃって、私はバーテンダーにお代わりを頼んだ。


その晩、自宅のパソコンの受信箱を覗くと君からのメールがとどいていたが、どうせ益体もない礼状だろうと思って、ひらきもしなかった。

あなたからは音沙汰がない。音沙汰がないのが心配で、私の方から便りをしたためた。

〈感じたままを、素直に書きます。気にさわったら、ごめんなさい。あなたは《運命》などというビッグワードを持ち出さなくても、鷲見君に理屈で充分に対抗できたのではなかったでしょうか。そうしようと思えばあなたはそうできたし、そのことに気づいてもいた。なのに、そうせず、《運命》の一本槍で正面突破を試みた。ドン・キホーテのごとく。私はその愚直さを買います。そして、とても三島的だとも感じました。峰岸〉

3

翌週のゼミに顔を出すかどうか、ひそかに五分五分と考えていたのだが、あなたはとくに引きずる様子もなく、いつものようにせっかちな歩き方で研究室へ入って来た。ただし、きょうはリクルートスーツでなく、胸もとにリボンをあしらった白のブラウスとセピアのプリーツスカートというでたちだ。

さて、きょうの番は……と私がいいかけたとき、あなたが挙手して発言を求めた。

「先回は、ゼミの途中で飛び出す、という無作法をやらかし、たいへん申し訳ありませんでした。一言、ゼミのみなさんにお詫びを申しあげたいと思います。弁解がましいことをいうのは好きでないけれど、『運命』という言葉が、あれほど激しい抵抗に遭うとは思ってもみませんでした。ただ、『運命』は、あてずっぽうに、その場しのぎで持ち出した言葉ではなく、自分なりに吟味してつかんだ言葉なので、笑われたまま引きさがるのは嫌です。いったん持ち出した以上、きちんと伝える努力をしたいので、再度、説明する時間をいただきたいのですが、よろしいでしょうか。みなさんに理解していただけるかどうか、自信はないけど」

自信はないけど、は蛇足だった。理解してもらえるかどうか、それは説明する側の努力だけでなく、説明される側の努力や能力にも依るんだよ、というふうに聞こえなくもなかったから。

どうなることか危ぶみながらも、私は再挑戦を拒むことはできなかった。

延長二回戦にもつれこんで、もつれこませた張本人である君はどんな表情をしているだろう、と目をやると、小憎らしくも澄ました顔してノートパソコンのキーを叩いていた。

今度は、あなたは作家の伝記的事実から話を起こした。

「三島由紀夫は、本名を平岡公威(きみたけ)といいます。東京生まれの東京育ち、生まれたのは大正十四年一月、ということは翌年が大正十五年であり昭和元年でありますから、昭和二十年の敗戦は二十歳、昭和四十五年は四十五歳、つまり、昭和の年数がそのまま満年齢と一致します。わかりやすい。わかりやすいのはありがたいのですが、ちょっと不気味でもあります。三島さんの小説や戯曲のように、三島さんの実人生そのものが、何やら幾何学的に組み立てられているように感じられるからです。昭和がはじまる前年に生まれ、敗戦を二十歳で迎える、ここまでは、まあ、偶然といっていいでしょう。でも、日本がアメリカに次ぐGNPを叩き出して三年目、復興達成のシンボル的イベントである大阪万博を開催した年に、時代に逆行するようなかたちで自死を遂げる、これは偶然でなく、本人の自由意志によるものです。彼は追いつめられて、やむをえず、自死したわけではありません。しなければ、しないで、すんだ。にもかかわらず、した。だから、自由意志による選択といっていい。ただし、人間の意志的選択は、意志的であるがゆえに、しばしばしくじるものです。文芸作品だって作家の設計図どおりにはできあがらないものなのに、まして現実の人生ともなれば、設計図どおりにいきません。意志で操作しようと思えば、必ず、番狂わせが生じる。だれもが経験的に知り抜いていることです。なのに、三島さんは、意志で現実を捩じ伏せた。設計図どおり、死んでのけた。意志だけではどうにもならないものをどうにかした、ということは、意志以上のものがそこに働いたとしかいいようがない。意志以上のもの、それは年譜をいくら読み返しても見えてきません。彼の人生を内側から丁寧にたどっていかないと、見えてこない。わたくしが先回、『運命』という言葉で伝えたかったのは、意志以上のその力なのです」

ゼミ生の反応をうかがうと、先回ほどあからさまな嘲笑ではないが、何人かは薄笑いを浮かべていた。

注釈めいたことを加えると、暦の年数と年齢が一致する作家は少なくなく、明治の年数と満年齢が一致する例として、幸田露伴、夏目漱石の名が挙がる。近代文学の礎をなしたふたりが同年の生まれであるということに、研究者たちは偶然以上の意味を求めたがる。論文にそれを「宿命的」と書くまでは許されるが、「運命」と書くのは許されない。

大正十四年、一九二五年のことを研究者は「作家の当たり年」と呼ぶ。三島と同年生まれの作家には、丸谷才一、梅原猛、辻邦生、中野孝次、永井路子、田中小実昌らがいる。また、前年の大正十三年生まれには吉本隆明がいる。吉本隆明の誕生日が三島の命日と同じ十一月二十五日であるという事実は、これまた研究者に偶然以上の偶然を感じさせずにおかない。

あなたはノートも見ずに話をつづけた。データはすべて頭に入っているらしい。

「三島由紀夫のお祖父(じい)さんとお父さんは、ともに東大法学部卒の高級官僚でした。ですから当然、三代目の坊ちゃまは、東大法学部入学と国家公務員試験合格が人生の既定のコースになります。幼少期の三島さんは虚弱で、『アオジロ』のニックネームさえありました。また、家庭内のボスは父親でなくお祖母(ばあ)さまでして、幕臣の血をひく誇り高きお祖母さまに彼は溺愛されます。小・中・高と戦前の学習院、つまり、貴族学校ですごしますが、出身は士族でも華族でもない平民ですから、公家や大名家の子弟が大半を占める教室においては、さぞ肩身の狭い思いをしたにちがいありません。だから、せめて学業で負けるわけにいかない、という強迫観念が働いたのかもしれません、学習院高等科の卒業成績は首席でした。また、早くから詩や童話を書きはじめ、十六歳のときには短編小説を国語教師に見せて、驚嘆させています」

もうひとつ注釈を加えると、以前、私はその国語教師、清水文雄先生に学会でお目にかかったことがある。清水先生は広島文理科大学卒で、和泉式部を専門とし、学習院で教鞭をとったあと、母校の後身の広島大学教授や比治山女子短期大学学長をつとめられた。髪は真っ白だが、矍鑠(かくしゃく)とされていた。平安朝の女流文学の研究者と聞くとなよなよした人物を想像しがちだが、意外にも先生は気骨も男気もある親分肌の研究者だった。

「さて、昭和十九年を迎えます。昭和十九年といえば敗戦の前年です。すでに学徒出陣がはじまっています。この年の五月、三島は本籍地である兵庫県の加古川で、徴兵検査を受けました。検査には米俵を担ぎあげるという項目があって、田舎の青年たちが米俵を軽々と持ちあげるのに、『アオジロ』は持ちあげることができなくて赤っ恥をかいた、という有名な逸話があります。それでも、彼は合格します。徴兵検査に合格すると、あとは入隊の通知を待つのみになります。入隊の通知が来ると、文字どおりの出征で、家族と訣別しなくてはなりません。開戦時ならともかく、昭和十九年ともなれば、生きて帰る望みは薄い。したがって、徴兵検査合格から入隊通知までが、死の猶予期間、モラトリアムになります。このモラトリアムのあいだ、彼がどんな思いですごしていたか、そこを実感的に読み解かないと、三島さんのことはわからない。この時期、ふたつの出来事がありました。ひとつは、昭和十九年九月、学習院高等科を繰りあげ卒業したこと。彼は十九歳です。高校卒業がこの歳になったのは、旧制では中学が五年制、高校が三年制で、旧制の高校卒業が新制のそれより二年遅れるからです。三島は卒業式のあと、院長と皇居へ参内して、恩賜の銀時計を拝受します。恩賜の銀時計というのは、トップの成績をあげた学生にのみ、天皇から授けられるご褒美です。これが当時、エリート中のエリートのお墨つきになりました。三島は公家でも大名家の血でもないので、天皇の『身内』とはいえませんが、皇族のかよう学校へかよい、恩賜の銀時計を拝受したことによって、『準身内』のインナーサークルに入った、とはいえるのではないでしょうか」

いつだったか、私は好奇心本位で、三島の通信簿を調べたことがある。昭和十九年の学習院高等科の首席卒業がどの程度の価値を持つことか、確認したかったからだ。すると、席次の母数は二十四、わずか二十四。わずか二十四だから、たいした学力の保証にはならない、ということもできるだろうが、わずか二十四だから、天皇のインナーサークルになりうる、とはいえるだろう。

ふだんのゼミでは、発表者の目のまえで堂々と居眠りする者が出ないわけではないが、先回も今回もひとりもいない。君がどんな具合にあなたの鼻っ柱を折ってみせるか、その決定的瞬間を虎視眈々とうかがっているせいだろう。

「もうひとつ、見逃すことのできない出来事があります。それは、処女小説集『花ざかりの森』の刊行です。戦中のモノ不足の時期に、よくもまあ、無名の学生作家の小説が本になったものですが、どうやらこれには元高級官僚であるお父さんのコネが働いたようです。家族は料理屋を借りて、心づくしの出版記念会までひらいてくれました。さあ、もう、これで思い残すことはない。あとは存分に戦って死ぬだけ。そして、年が明けて、二十歳になります。二月、ついに来るべきものが来る。入隊通知、通称、赤紙。三島さんは髪と爪を封筒に入れ、遺書を墨でしたため、末尾に天皇陛下万歳と大書する。そして、お父さんとふたり、自宅を出る。東京駅から十三時間も汽車に揺られて兵庫へ行き、富合村（とみあい）という田舎の連隊兵舎で、入隊検査を受ける。しかし、このとき、ハプニングが起こります。軍医が聴診器をあてると、異音が聞こえる。軍医はこれを肺浸潤のせいと誤診し、即日帰郷を命じます。肺浸潤とは肺結核の初期段階のことです。本人はもちろん、誤診であることに気づいていたはずです。気づいていたのに、気づかないふりをした。父も誤診であることに気づいていたはずなのに、気づかないふりをした。ふたりは蜘蛛（くも）の糸のように垂れてきた命綱をつかんで、手放さない。そして、駆け落ちの恋人同士のように冬枯れの野中の道を駆け逃げ、ふたたび十三時間汽車に揺られて東京へ帰ります」

いうまでもないが、結核はその感染力の強さから軍隊ではとくに忌み嫌われた。だから、このような過敏な誤診も生じたのだろう。結核と近代文学との馴染みは深く、正岡子規、二葉亭四迷、石川啄木、宮沢賢治、中原中也、葛西善蔵、尾崎放哉、堀辰雄、織田作之助……、かぞえきれない作家たちが結核により筆を折られた。特効薬がなかったので、せめて空気の澄んだ高原のサナトリウムで養生するしかなかったが、サナトリウムは庶民には手がとどかない。したがって、『風立ちぬ』のようなサナトリウム文学がハイカラ文学たりえたわけだ。

「さあ、即日帰郷を命じられた息子と父が、自宅へもどります。今生の別れを告げたはずの息子が、玄関先に立っている、亡霊か、と母は目をこする。父から事情を知らされると、母も弟も妹も、みな浮き足立って、おろおろした。しかし、後年、父親は次のような証言を残します。家族の喜びが最高潮に達したそのときの本人の表情だけが、どうしても思い出せない、と。わたくし、父親のこの証言を『伜・三島由紀夫』で読んで、胸糞が悪くなりました。父親はよほど鈍感か、よほど意地悪か。もし、鈍感なら、三島さん本人の表情を思い出せないということ自体、意識化されないでしょう。意識化されたのは、やはり、気づいていて気づかないふりをしたからでしょう。息子の死についても、彼はしらじらしくも、わけがわからん、と連発してみせる。わたくしは、この父親が嫌いです。この父親が、三島さんにとって、もっとも厄介な存在ではなかったかと疑います。この父親が、三島さんを死へ追いやった、といってもいい。三島さんが二十歳以後、ひたすら恐れたのは、この父親の目ではなかったのか。父の目は、共犯者の目です。共犯者は、相棒の弱み、卑しさを知り抜いている。父が気づいて気づかぬふりをしたものが、わたくしには見えます。エゴ丸出しで喜び跳ねる家族のなかで、そこだけ陥没しているかのように、まばたきもせず、背後の壁を見つめる、能面のような表情が……」

あなたがそこまで語ったとき、君が口を差しはさんだ。

ほら来た。ゼミ生がいっせいに君の方をふりむく。

「驚いた。三島は、徴兵忌避者だったのか。しかも、主義信念をもって国家の命令に背くという徴兵忌避者ではなく、てめえの命惜しさだけで駆け逃げた、腰抜け徴兵忌避者だったのか。橘さん、刑法に『未必（みひつ）の故意』という概念があるのをご存知ですか？　故意ではないが、必ずやこうなるであろうとわかりながら知らんぷりして何もせず、重大な結果を招いた者は、『未必の故意』による不作為犯として、刑罰の対象になるんです」

一瞬、君の姿がスサノヲに見えた。姉のアマテラスのまえで無邪気に勝ちさびに乗ずるスサノヲに。昂然というよりは傲然と、君は一刀両断してみせる。おまえさんが後生大事に思っているものの正体は、見るもおぞましい逃亡犯、「未必の故意」による不作為犯ではないか、と。

あなたは勝ちさびに押しきられることなく、アマテラスの威厳をもって答えた。

「逃亡。そう、たしかに、逃亡ね。三百万人の日本人が死んだあの戦争で、三島さんは誤診と気づいて気づかぬふりをして、父と駆け逃げた。そこまでは凡人、いえ、凡人以下かもしれません。でも、三島さんが偉かったのは、ただ逃げただけでは終わらせなかったことです。逃げたことから、逃げなかった。逃げた自分から一生逃げず、逃げた自分にきちんとオトシマエをつけた。その点で、三島さんは、非凡だったといっていいと思うのです……」

即座に君は、ああ、先が読めた、と膝を叩くような身ぶりをした。

「そのオトシマエが、あの自決だ、といいたいんでしょ。ちがいます？　だとしたら、『未必の故意』による不作為逃亡犯罪のオトシマエが、暴行、脅迫、監禁、威力業務妨害、職務強要犯、政体転覆を狙った犯罪だったということになる。罪を罪で贖う。いくら何でも、そりゃ、ないだろう」

ないだろう、の語尾の「ろう」がねちっこくあとを引く。語尾の「ろう」につられるようにして、周囲の失笑が起こった。

まずい。このままでは先回の轍を踏みかねない。行司役が出番のタイミングを見誤ると、アフターケアが厄介になる。ほどほどのところで収めてほしい、と祈るような気持ちであなたの横顔を見ると、うろたえる気色はまったくない。

「鷲見がいうように、逃げた自分へのオトシマエがあの自決だった、とわたくしは思います。二十歳で書いた遺書を、三島さんは四十五歳で書きなおして実行した、二十歳でするはずだった出征を四十五歳で出征しなおしたのだ、と」

「どこへ？　夢想の大日本帝国陸軍への出征？　夢想の大東亜戦争への出征？」

「何といわれようと、三島さんは死ななければならなかった。人生をそうプログラムしたのは、二十歳の彼自身だった。このことを納得してもらうには、さらに説明が必要です。あと少しだけ、時間をいただけますか」

時間の無駄だ、と君に先手を打たれそうだったので、そうなるまえに、どうぞ、と私は掌でうながした。君は一瞬、物騒な目で私を睨みつけた。

「ありがとうございます」

無作法な君にあてつけるようにして、あなたは必要以上に丁寧な口調で私に礼をいった。

「昭和二十年二月、入隊検査場から父と駆け逃げたあと、八月十五日の敗戦まで、この半年間を三島さんは大学生としてすごします。赤紙が来るまでの九ヵ月もつらかったでしょうが、即日帰郷の命令がくだった日から敗戦までの半年間も、さぞつらかったでしょう。ただし、前者と後者とでは、つらさの質がちがいます。即日帰郷を命じられて、命拾いした。けれど、命拾いして、やれやれ、といったお気楽な心境ではなかったはずです。東京は打ちつづく空襲で焼け野原、自宅は焼かれずに残ったけれど、これだっていつ焼けるか、わからない。焼夷弾で炎につつまれてもだえ死にするまえに、糧道が断たれて餓死するかもしれない。戦死を免れたといっても、死の危険はそこらじゅうに転がっている。逃げても逃げても、死は追いかけてくる。彼も人です。だから、生き延びたのはうれしかった。でも、逃げた、という心の咎めも、つらかったはずです。ふつうの人なら、あるいは、やりすごせたのかもしれません。天皇なんて雲の上の存在、恩も義理もない、そう割り切ることができれば、つらくはなかったでしょう。しかし、皮肉にも、三島さんは天皇の『準身内』というインナーサークルに入っていた。純然たる『身内』ではないが、そのヘリにひっかかっていた。恩賜の銀時計と、『花ざかりの森』出版、このふたつの出来事が彼をヘリにひっかけた。あとは皇軍の一兵卒として、天皇陛下万歳と叫んで、名誉の戦死を遂げれば、自身がプログラムしたとおり、物語の人と化して、人生は首尾一貫する。ところが、首尾一貫を自らの手で崩してしまった。生き延びることで、あるべき人生の外へ、滑り落ちてしまった。その恥ずかしい現場の共犯者であり、目撃者であったのが、ほかならぬ父だった。父に恥部を見られてしまった息子は、どうしたらいい？　父を抹殺するか、自分を抹殺するか、あるいは二十歳の自分をやりなおして、父を見返すか、いずれしかない。そして……」

昂ぶった調子で畳みかけるように、あなたは語ったが、君はそのあとにつづくはずの言葉を無残にも横取りした。

「そして、そのやりなおしが昭和四十五年十一月二十五日だった。そのやりなおしをいちばん見せつけてやりたい相手が、父親だった、といいたいんだろ」

結論を奪われて、拍子抜けして、あなたはうなずくこともできなかった。

裏を掻いた一本、ゼミの空気が弛緩して、声にならない失笑が起きた。

君は、つづけた。

「はっきりいわせてもらえば、そりゃヘンだ。橘は、三島の父親のことを嫌いだという。息子の恥部を見ておきながら、見ぬふりをする、胸糞悪くなるぐらい意地悪な父親だという。でも、素直に考えれば、見て見ぬふりをするのは、息子へのいたわりとちがうのか。父は意地悪でなく、やさしいんじゃないのか」

聴衆の心の針が君の側へぐぐっと振れるのが、肌身で私は感じられた。あなたはまたしても孤立してしまう。

「その思いやりが、耐えがたいの。父親も、ほかの家族と同じように、恥も外聞もなく浮かれ踊りすればよかったの。そしたら、三島さんは、その目から逃げることもできた。でも、そうではなかった。父の目は、母の目とも妹の目とも弟の目ともちがっていた。喜びのなかで陥没して、虚と化す本人の表情を、その目はしっかり見ていた。だから、その目が、告発しつづけるの。おまえは逃げただろ、逃げただろ、逃げただろ……って。昭和四十五年十一月二十五日、三島さんは、逃げた自分に対してオトシマエをつけるだけでなく、逃げた自分の共犯者であり、目撃者であり、告発者でもありつづけた父の目に対して、オトシマエをつけたのよ。わたしには、そうとしか考えられないの」

そうとしか考えられないの、だから、そうなのだ、という理屈は理屈にならない。また、君に一本とられてしまう。あなたの旗色は、ますます悪くなる。

「わかった、わかったよ。でもさ、それ、深読みにすぎるんじゃない？　橘は、父親との関係ばかり気にしすぎるんだよ。それと、三島はつらい思いをしたというけど、家は焼かれてないし、家族は全員無事だし、五体満足だし、ともかく食えてるし、大学生の身分は安泰だし、つまり、決定的に恵まれているわけでしょ。そんな恵まれた人の悩みに耳を傾けるより、三百万の戦没者の無念を聴きとどける方が先じゃない？」

駄々っ子をあやすように、君は余裕たっぷりに相手を否定し尽くそうとした。そして、否定し尽くすために、大きすぎる理屈を持ち出した。五体満足の一大学生の内的葛藤より、三百万の無念の死。

あなたの頬に、皮肉たっぷりの笑みがきざした。

「鷲見は、ほんとに正論好きだよね。でも、あんたの正論は、いつも、もっともらしすぎて、狡くて、嘘くさい。いいかなあ、三百万の無念の死に釣りあうものなんて、あるわけないんだよ。

比較にならないものを平気で比較の対象にするのが、狡いんだ。それから、訊きたいけど、あんたは三百万の死者の無念を、聴きとどけようと努力したことがあるの？　現に努力しているの？　自分では信じてもいない理屈を、相手を叩きのめすためだけに使うのは、やめた方がいいよ。もうひとつ、いわせてもらっていい？　昭和四十五年十一月二十五日、三島さんは、自分が死にたくて死んだわけだけど、付随的に、結果的に、戦争を忘れてしまいたい日本人に、四半世紀まえの死者の無念を突きつけることになった。三島さんの死はある角度から見ると、『個人的な都合による、個人的な自死、あるいは犯罪行為』にすぎないけど、ある角度から見ると、日本人が忘れたがっていた過去の記憶を呼びもどす、『民族的で歴史的な事件』だった。三島さんは三百万の死者になり代わって、俺たちのことを忘れないでくれッて、戦後社会に抗議した、そうも見える。中途半端な『個人的な犯罪行為』では、こうはならないでしょ。でね、『個人的な犯罪行為』を『民族的で歴史的な事件』に裏返してしまう力は何か、それを考えると、どうしても『運命』という言葉に行きついてしまうのよ」

運命、の再登場。

だが、今回は、嘲笑に晒されることはなかった。かといって、納得に迎えられたわけでもなかった。みなの共感の針は、君とあなたのあいだでおそらく宙吊りになっていた。

あなたは少し息を落ちつけて、話をこうつづけた。

「昭和二十年は三島さんにとって、過酷な一年だった、けど、解放の一年でもあった、ということは認めないとフェアでなくなる。二月の入隊検査で命びろいして、蛇の生殺しの日々を送り、八月十五日の敗戦が来る。それは突如、到来するはずのないものとして到来する。敗戦の詔勅を聴いたとき、彼は何を思ったか。自分が逃げたせいで、国が滅んだ、とはよもや思わなかったでしょう。逃げたにせよ逃げなかったにせよ、いずれにせよ、国は滅んだ、だから、無駄に死ななくてよかった、というのが本音に近かったかもしれない。当時の新聞の縮刷版を読んで、気づいたことがあるんです。昭和十九年七月のサイパン陥落で、本土の制空権がアメリカ軍に奪われる。本土への断続的な空襲が可能になる。だから、あそこで戦略的に勝敗がついた、ということは素人でもわかります。ということは、そのあとの一年にわたる戦いは、敗北を認めたくない自分に敗北以外の現実がないことを納得させるための戦いだった、といえないこともない。昭和二十年三月の東京大空襲の死者十万、六月の沖縄決戦の死者二十万、広島長崎の原爆の死者二十一万……、もしも戦略から政略へバトンタッチして、軍を従わせるリーダーを日本が持ちえたら、死なずにすんだ命だったはずです。死なずにすんだ命を救えたのは、唯一、天皇だったはずなんです。そして、遅まきながら、終戦、いえ、敗戦が到来します。敗戦は、国がこれまで正しいこととして掲げてきた価値を、白から黒へ転覆します。聖戦が聖戦でなくなる。名誉の戦死が名誉の戦死でなくなる。ということは、二月以来、三島さんを苦しめてきた、逃げた、という負の意識の呪縛を、敗戦が解く。こんなことをいうと三島さんを神のごとく崇める右翼は怒るでしょうが、敗戦は彼の個人的事情に照らせば、朗報であった、とさえいえるんです」

そのあと、あなたは床に置いた手提げバッグに手をかけた。また、先回のように飛び出すのかとはらはらしたが、そうではなく、一冊の本をバッグからとり出した。色とりどりの付箋ではちきれそうになった、黒い絹装の一冊を。

ちなみに、読み抜かれて付箋だらけになった本は、今やなつかしい大学風物と化した。最近の学生たちはネットでこまぎれの情報を好き放題にツマミ食いできるので、一冊の本を辛抱強く、傍線を引きながら読み抜く努力をしなくなった。

「昭和二十年八月十五日をはさんで、二十歳の三島さんが書きつづけた作品に、『岬にての物語』という短編があります。主人公『私』の一人称語り、『私』は小学生の男の子です。舞台は南房総の鷺浦(さぎうら)、架空の避暑地ですが、モデルは千葉県の鵜原だとされます。ある夏、『私』は家族と鷺浦に来て、そこで若くて美しいカップルと遭遇します。『私』はふたりに誘われて、撫子(なでしこ)が咲き乱れる岬の突端へ散歩しに行く。静かな昼下がり。さあ、これから、隠れんぼしよう、ということになって、『私』が鬼役になって目隠しすると、ふたりが消えてしまう。笑い声に似たかすかな悲鳴のみを残して。はっきりとは書かれていないけど、ふたりは崖から飛び降りて、心中したらしい。『私』がおそるおそる崖下を覗き込むと、そのあと、こう描写されています。『無(ぶ)音(いん)の光景であつた。私の目にはたゞ、不思議なほど沈静な渚がみえたのだ』。ご丁寧に傍点までふって。傍点は、読者のみなさん、どうかきちんと読みとってください、という著者からのサインです。だから、わたくしはこの場面を、何度も何度も読みなおしました」

咀嚼(そしゃく)しにくいものを咀嚼しようとするとき、人は身をかがめ、腹に力を入れて踏んばる、ちょうどそのようにあなたも身をかがめ、腹に力を入れる姿勢をとった。視線はあいかわらず付箋だらけの本から離さないが、心は本のずっとむこうにあるものを凝視しているようだ。

「おそらく、『無音の光景』は、八月十五日の日本なのでしょう。三百万人の死を呑み込んだ戦争が終わる。猛烈に回転していた戦争の車輪が止まる。戦争へ戦争へ国民を駆り立ててきた圧力が、ぱっと消える。その瞬間、二十歳の三島さんに見えたものが、『無音の光景であつた。私の目にはたゞ、不思議なほど沈静な渚がみえたのだ』……。現象世界には、変わるものと変わらないものがあります。滝に喩えると、滝の水滴ひとつひとつはめまぐるしく入れ替わるけれど、滝全体の姿は変わらない、あれと同じ。人はふだん、めまぐるしく入れ替わる水滴に目を奪われて、滝全体の姿が見えない。『不思議なほど沈静な渚』とは、ふだんは見えない滝全体の姿ではなかったでしょうか。敗戦も、亡国も、無数の死も、何の影響も与えることができない、存在の芯、存在の核のようなもの。遺作『天人五衰』の最終行に、『夏の日ざかりの日を浴びてしんとする庭』が出てきます。この静まりかえった庭は、明らかに『不思議なほど沈静な渚』と双子です。昭和二十年と昭和四十五年、二十歳の作品と四十五歳の作品、ふたつはきれいに呼応します。三島さんは戦後二十五年をかけて、昭和二十年にむけて回帰した、あるいは、昭和二十年にむけて成熟した、といっていいのではないでしょうか」

すべてを語りきって表情を晴ればれさせるあなたを見て、私は拍手を送りたい衝動に駆られた。方法は乱暴だが、というより、方法に対する吟味は皆無だが、ひとりの作家の人生なり作品なりをまがりなりにも独力で読みほぐし、掘りさげ、手探りし、何かをつかんで還ってきた。その何かがたとえ勘違いの産物であったとしても、これは賞賛すべきことではないか。

しかし、君の非情な一言が、私の思いを踏みにじった。

「だから、どうなの？」

他人が積みあげた言葉の伽藍を一突きで崩す、チンピラな一言だった。

私は学生時代、同人誌サークルの合評会で、他人の作品を全否定する最終兵器としてこの一言が濫用されるのを幾度も見た。しかし、それに耽り、淫したら、おしまいだ。君はどこで、その悪魔の味をおぼえたのだろう。ますますもって気を許せない。

あなたは、憐れむような目で君を見返した。

「今さら、何を説明したらいいの？」

すべて話したでしょ、あなたは何を聞いていたの？　言外にそう君を責めていた。

「橘は説明しきったつもりだろうけど、あいにく、ぼくらには何も伝わっていない」

これまた狡いかわしようであることだ。理解できないのは自分のせいでなく、おまえのせいだ、と責任を転嫁させる手口。教員と学生とのあいだではこれは使えないが、学生同士の水平な関係なら使える。しかも、「ぼく」といわず、「ぼくら」と代表を僭称する。

しかし、あなたは落ちつきを失わなかった。

「三島さんにとって、敗戦は解放だった。戦後、彼は自由を謳歌し、やりたいことをやりつくし、カネも名誉も手に入れた。家庭も豪邸も手に入れた。肉体改造も果たした。もう少し長生きすれば、文化勲章もノーベル賞も手に入る。そこまで来て、最後に残った欲望が、逃げた二十歳の自分にオトシマエをつけることだった。そして、逃げた共犯者であり、目撃者であり、告発者であった父の目にオトシマエをつけることだった。これ、切ない真実だとは思わない？　昭和四十五年十一月二十五日は、四半世紀遅れの『名誉の戦死』だった。そこから逃げたつもりが、いつのまにかそこへもどってしまっていた。逃げれば逃げるほど、もどらざるをえなくなってしまった。これが三島由紀夫の人生だった。そう思うと、泣きたくなる。何て、生きることはしんどいんだろうって」

これでもかこれでもかと畳みかけるように語るあなたに対して、君は平然と冷水をかけた。

「だから、それと、運命とは、どう関係してるの？」

大きく息を吸い込んで、あなたは答えた。

「何が運命か、当人には、わからないの。ただ、事実だけが、運命を裏書きするの。四半世紀遅れの『名誉の戦死』を遂げようとしても、戦場もなければ、軍隊もない。戦場も軍隊も消え果てたところに、戦場も軍隊も自力で創らないといけないから、ああいう芝居じみた事件になってしまった。クーデタは失敗する、いいえ、失敗しないといけない。でも、死ぬことの失敗は許されない。ただし、九割九分、失敗するにちがいない、という不安に本人は怯えたでしょう。舞台上のシナリオは綻ぶことがなくても、現実のシナリオはいつどこで綻びが生じるか知れない。ほんのわずかの突発事、ほんのわずかな番狂わせで、すべてが瓦解する。命がけの綱渡り。でも、三島さんは渡りきって、舞台上のシナリオを現実に変えた。この事実だけは揺るがない。この事実だけが運命を裏書きする。あんた、ここまでいって、まだわからない？」

間髪を入れず、君は答えた。

「わからん」

まずい、と判断して、私は割って入った。

「はい、そこまで」

同時に、目端でゼミ生の反応を探ると、先回ほどはっきりとは君の側に共感の針がふれているように感じられなかった。否定のための否定という、君の粗暴な追いつめ方が反感を買ったのかもしれないし、説明しづらいことを説明しようとしつづけたあなたの粘り強さが、一定の評価を得たのかもしれない。


「駅まで、いっしょに歩きませんか」

あなたに声をかけることが、やっとできた。君にも、と思ったが、君はチャイムとともに身をくらますように出て行ってしまった。

男性教員が男子学生といっしょに歩いてもだれも咎めないが、男性教員が女子学生とふたりきりで歩く姿を見られると、あらぬ誤解を受けかねない。が、何のアフターケアもせずに、あなたを帰すわけにいかない。特例、特例、と自分およびまわりの目にいい聞かせて歩く。

人目を気にすると脚が速まり、かえって人目を引く。ふつうに、ふつうに、と心をなだめながら木漏れ日のまだらに散る並木道を抜け、正門を出る。そして、住宅街の坂道をのぼりくだりし、駅前商店街へすすみ、どこへ行こうか迷ったあげく、例のウナギの寝床式の立ち呑みバーに足がむかった。

埃まみれのタンノイのスピーカーから、きょうはコルトレーンでなくデューク・エリントンが流れている。焼鳥の匂いとウィスキーの香りがジャズの響きに混ざりあって、煤ぼけたバラックの屋根へのぼっていく。

こういう汚いところは苦手ですか、と訊こうとすると、そのまえにあなたが声をひそめていった。

「以前から、このお店、気になってたんですけど、女ひとりでは入りづらくて。彼を誘ったら、汚いからNGだって」

「彼」が鷲見恭一朗であることを私がとっくに承知の上として、あなたは話をした。ふつうの神経の持ち主なら、ふたりがつきあっていたことぐらい気づいて当然だ、だから、隠しても仕方ない、と判断したのだろう。いや、しかし、あなたに「彼」がいると気づいたのは、つい先週のことなのだ。汚いからNGだと君が切り捨てたその店へ、私は頓馬にも君を連れ込んだことになる。あの日、君はNGな気持ちなどおくびにも出さなかった。

先週と同じく、私がラガヴリンのストレートと焼鳥を頼むと、あなたはまず私に割り勘を強引に認めさせたうえで、ラフロイグの十五年もののストレートと焼鳥と野菜スティックを頼んだ。関係を対等平等に補正してから自分の好みを貫く、その周到さと潔さに舌を巻く。

「あいつ、三島さんのことが、大嫌いなんです。ていうか、右翼が、大嫌いなんです」

私が訊くまえに、あなたの方から話を切りだした。あなたは相手が聞きたいことを、何でもかでも先まわりして答えてくれる。手間がかからない。

「のようだね」

軽くうべなうと、

「でも、いちばん嫌いなのは三島さんじゃなくて、自分の父親なんです。あいつ、ふたりきりになると幼児返りして、父親の悪口をたれ流すんです。父親はある政党の機関紙の記者で、元は左翼セクトの活動家で、あいつにいわせると、『思想をダシにして生きる種属』。外ではものわかりのいいことをいうのに、家のなかでは権威主義の暴君。オモテとウラが正反対。そういうのが全部、不誠実に見えて、許しがたくて、だから、あいつ、むやみに形式論理をふりかざして、人を裁こうとするんです……」

はあ、そういうものか。さすがにあなただけあって、つきあう相手の性格分析もぬかりがない。

しかし、聞いていて、一点、引っかかるものがあった。

「思想にオモテとウラがないという点では、三島ほど彼の眼鏡にかなう人はないはずだよね。なにせ、思想に殉じたんだから。というか、そう人に見せつけるような死に方をしたんだから」

あなたは急に真面目くさった表情をして、すうっと顔をこちらへ寄せてきた。柑橘系の香水の匂いが鼻先をかすめる。

「そこなんです、問題は。父親があいつの反面教師だとすれば、三島さんこそ正面教師になるはずだったのに、そうならなかった。たぶん、これからもならない。だって、わたしが三島さんを好きなんだもの……。敵の敵は味方、じゃなくて、敵の味方は敵。あいつの理屈の背後には、感情しかない。情けない奴です。そこが最大の弱点なんです。そこを突けば、あいつはひとたまりもなく潰れてしまう」

「そこを突けばひとたまりもなく潰れる、と知っていながら、突かなかった、のはなぜ?」

「みっともないからです。わたしも、あいつも」

あなたの返答に、グラスを持つ私の手が宙で止まった。窮地に追いつめられた者が、自らを窮地に追いつめた相手を庇護しようとした。獲物を生け捕りにしたつもりの男が、実は獲物によって体面を救われていた。

バーテンダーの後ろには、琥珀（こはく）や緑、角肩や丸肩、のっぽやずんぐり、さまざまな色やかたちのウィスキーボトルが隙間なくならんでいる。そのボトルの肩や腹に裸電球の赤みがかった光がどろりとした釉薬がかかるように反射するのを、私は無言で眺めつづけた。

薬臭の強いモルトをゆっくり咽喉へ流し込むと、なめらかな液体の塊りが熱を放ちながら咽喉から腹へくだり落ち、頬へ、腕へ、指先へ、熱をじわじわひろげていく。そのときがたぶん初めてだったろう、君に対する憐憫の情をもよおしたのは。

南横浜の丘陵地帯に蟬の声がとどろきわたり、並木道の天蓋からこぼれ落ちる陽が眩ゆい光の玉となって路面に転がるようになった。夏休みに入ると学生はいっせいに姿を消し、大学はがらんどうと化す。

卒論の提出〆切が半年後に迫るので、教員は夏休み中もゼミ生へのアテンドを欠かせない。夏休みを無為にすごすと、秋も惰性で無為から脱け出せず、結局は〆切直前のやっつけ仕事で卒論をごまかすことになる。そんなやっつけ仕事は読みたくもないので、夏のあいだに学生に一冊でも多く本を読ませ、抜書きノートをつくらせ、週に一度は進捗状況をメールで報告させることにしている。

4

ボスニア・ヘルツェゴヴィナの首都サラエヴォからあなたのメールがとどいたのは、八月の第二週に入ってからだった。

セルビア人共和国の元大統領ラドヴァン・カラジッチと三島由紀夫を「合わせ鏡」にして卒論を書いてみたい、とあなたはいっていたが、とうとうあれを実行に移してしまったらしい。しかし、こんなキワモノのテーマで無事に卒論がまとまるだろうか、という不安は去らない。カラジッチをいくら追いかけても、三島の作品読解を深めることにつながらなくては卒論にならない。

しかも、善玉か悪玉かはともかく大物にはちがいない政治家の実像に、たかが学生の取材で肉迫できるものだろうか。

サラエヴォから卒論準備の報告をさせていただきます、というそっけない本文には、かなりの量のファイルが添付されていた。

橘アカネの報告ファイル・第一信

来て、すぐ、後悔しました。

ぶつかる相手を選びちがえた。

ものを知らないというのは、恐ろしいことです。

カラジッチについて知りたい、ヨーロッパのヘリにある小国の元大統領が、なぜアジアのヘリにある島国の一作家を愛読したのか、その東と西の隔たりとつながりを知りたい、と思ってここへ来ました。でも、隔たりとつながりに迫るには、まずそのまえに、この地でおこなわれた内戦の現実を直視しなくてはなりませんでした。

カラジッチと内戦とは、切っても切り離せません。彼は内戦時の大統領であっただけでなく、内戦時の非人道的犯罪の容疑者として、ハーグの旧ユーゴ国際戦犯法廷で現に裁かれているからです。

でも、今さらながら、臆しています。わたしとは縁もゆかりもない国の、内戦のむごたらしい歴史に興味本位に首を突っ込むのは、何だか他人の家へ土足であがり込む行為のようで……。

サラエヴォ大学の留学生用ゲストハウスに、泊まっています。

部屋の窓から、一九八四年冬季五輪のスタジアムを望むことができますが、スタジアムには芝やグラウンドは見あたりません。あるのは白い棘のような突起ばかり。

活け花の剣山のような突起はみな墓標です。内戦の死者が多すぎて、墓地用の土地が足らず、五輪スタジアムが墓地に転用されたのです。

スタジアムだけではありません。街を歩くと、蜘蛛の巣のように張りめぐらされた死者たちの記憶にたちまち搦めとられてしまいます。

たとえば街角の学校や工場の石壁には、その学校の生徒や工場の従業員の死者の名を刻み、顔写真を焼きつけた碑が嵌め込まれています。また、街のあちこちに墓地があって、どの墓地にも真新しい墓標が目立ちます。没年の表示を読むと、一九九二、一九九三、一九九四、一九九五、この四年間に集中しています。いうまでもなくこの四年間は、内戦の四年間でした。

一九九二年から九五年にかけて、ボスニア・ヘルツェゴヴィナで内戦がおこなわれた……との本にも書かれています。

でも、そんな言葉では、何も伝わらない。伝えるための言葉が、伝えることを阻んでしまう。

血糊の臭い、硝煙の臭い、汗と垢の臭い、からっぽの胃から突きあげる胃液の臭い、渇いた咽喉のねばねばの感触、電気水道を止められた夜の神経を圧するような重み、そして、他者の憎悪とむきあう恐怖、他者の暴力で自分の命が踏みにじられていく恐怖、応酬の果てしなさへの恐怖……、こちらへ来て、わたしはモザイクの破片のような乏しい知識や見聞を想像で膨らませて、「内戦」という言葉の空洞を埋めるのに必死です。

見かけのうえでは、街は着実に復興しつつあります。銃弾の痕でボコボコになった壁は新品のレンガやコンクリで覆われ、若い女性たちはこぎれいなファッションを身にまとい、ベンツやボルボやフェラーリが街路を走り抜ける。カフェもレストランもにぎわう。早朝にはイスラム教のモスクからアッラーを称える朗々たる美声が平和に流れてくるし、モスクのミナレットとキリスト教会の尖塔とのあいだを鳩が呑気に飛びかいます。見かけだけを信じるなら、内戦があったことを頭から消去することもできます。言葉も無力だけれど、目はさらに無力、見かけだけでは何も伝わりません。


ここ、バルカン半島は「辻」です。

「辻」であることが、すべての元凶でした。

「辻」は道と道とが交叉するところ、出遭いがしらに異人とぶつかるところ、危険な場所です。ただし、異人との出遭いは災厄をもたらすだけでなく、ときに思いがけない豊かな恵みをもたらすものだけど、バルカンの「辻」からは豊かな恵みが見えてきません。

たしか、オイディプスの悲劇の発端は、「三叉の辻」でしたね。オイディプスは「三叉の辻」

で、実父を実父と知らずに殺し、悲劇の歯車がまわりはじめる。「三叉の辻」は、実父との再会という感動の場となる可能性もあったのに、父殺しの惨劇の場に覆りました。

バルカンの「辻」にあって、ボスニア・ヘルツェゴヴィナは「辻のなかの辻」です。ボスニア・ヘルツェゴヴィナにおける「三叉の辻」の三は、オーストリア・ハンガリー帝国と、ロシア帝国と、オスマン・トルコ帝国でした。オーストリア・ハンガリー帝国にとって、ここは後背地として安定化させておきたい土地であったし、オスマン・トルコ帝国にとって、ここはヨーロッパの咽喉元を突くナイフとして手放したくない土地でありました。そして、ロシア帝国にとって、ここは地中海へ抜ける重要な通路でした。三つの帝国の、三者三様の欲と欲とがぶつかりあう場、バルカンの「辻のなかの辻」から第一次世界大戦がはじまったのも、やむをえないことであったのかもしれません。

三つの帝国が滅んだ今もなお、ボスニア・ヘルツェゴヴィナは「三叉の辻」でありつづけています。現在の「三叉の辻」の三は、セルビア人と、クロアチア人と、ムスリム人。「三叉」が外から内へひっくり返ってしまいました。

セルビア人はキリスト教の東方教会から派生したセルビア正教を奉じ、セルビア語を話します。クロアチア人はキリスト教のカトリックを奉じ、クロアチア語を話します。ムスリム人はその名のとおりイスラム教を奉じ、ボスニア語を話します。ただし、セルビア語とクロアチア語とボスニア語はかぎりなく近いという事実を、こちらへ来て知りました。

ムスリム人は最近、ボシュニャック（ボスニア人）と自ら名乗ります。これは彼らのプライドを懸けた名ではありますが、ボスニア人といえばいかにもボスニアに大昔から住んでいて、ボスニアの正統な支配者であるという先入観が忍び込み、公平な見方にバイアスをかけるので、わたしは従来どおり、ムスリム人という名を使わせていただきます。

サラエヴォから東へ、山のあいだを縫うようにつづく道を車で三時間ほど飛ばしたところに、クラヴィツァという村がありました。

村の入口に、巨大な黒い十字架が立っています。

十字架の、イエスの首がうなだれるあたりに、まるで神さまの携帯電話のナンバーでもあるかのように数字が刻まれています。

1941－45	6469
1992－95	3267

それは、第二次世界大戦とボスニア内戦での、村の死者数でした。

その村のコーチッチ小学校講堂で、元校長にお目にかかりました。

講堂は古ぼけた鉄筋コンクリづくりで、薄暗くて、じめじめして、陰気な倉庫のようです。長テーブルをはさんでむかいあわせに坐った元校長は、口髭を生やし、眼光鋭い、立派な体格の六十年配の男性でした。皺だか傷だかわからないものが顔じゅうに刻まれていて、複雑な景色をつくっていますが、目だけ一切の景色をシャットアウトするように艶々と見ひらかれています。

元校長はプラスチックのコップにオレンジジュースを注いで、わたしと通訳の山花さんにふるまい、この村で起きたことを語ってくれました。

——内戦まえ、村には七百五十世帯ほどの暮らしがあった。大多数がセルビア人だが、ムスリム人も混じっていた。

多くの家は酪農で生計を立てていたが、生活は決して楽ではなく、若者たちは職を求めて都会へ出て行ってしまうので、村は老人と女と子どもだらけになった。

一九九三年一月、セルビア正教のクリスマスの日、村は武装勢力によって包囲された。

包囲したのはスレブレニッツァおよびコーニッチポーリから押し寄せたムスリム人たちで、「解放軍」と自ら名乗った。「解放」とは、われわれを解放するという意味でなく、村をわれわれから解放する、という意味だ。司令官は、ナセル・オリッチ。

前年の夏、すでに内戦がはじまっていた。

村と周辺のムスリム人たちとの衝突は、断続的にくり返されていた。平均すれば、日に二人ぐらいの犠牲者が出ていただろう。すでにわれわれの銃弾は底を突き、七百五十世帯が三百十世帯にまで減っていた。送電線が破壊されたので、われわれは小学校の講堂に身を寄せあい、蠟燭を灯して、暗夜をすごすほかなかった。

まさかクリスマスの日に攻撃がある、とは思わなかった。イスラム教徒も、宗教を尊ぶことに変わりはない。だから、われわれにとってこの日がどれほど神聖な祝祭日であるか、わかってくれているはずだと信じていた。が、一抹の不安がないでもなかった。あいつらのことだから、何をしでかすかわからない。われわれにとって最上最大の祝祭日だからこそ、わざとその日に攻撃をしかけてくる、という可能性は排除できない。

その懸念は、杞憂に終わらなかった。

一月七日午前五時半、村は四方から攻撃を受けた。あとでわかったことだが、ムスリム人側には約三千の兵士がいた。われわれは約三百、十対一の差だ。

奴らは戦闘員だけでなく、老人や女にも容赦なく撃ちかけてきた。そのやり口はひどいもので、怒鳴ったり、ヤカンを叩いたり、歌を大声でうたったりして、そこいらじゅう銃を乱射する。

われわれは逃げるのに精一杯だった。逃げきれぬ老人や女たちも少なからずいた。逃げて、ようやくドリナ河畔に着いたのが、同日の午後十時だった。

数えると、村民の四十九人が殺され、八十六人が負傷していた。

二ヵ月後の三月十六日、ようやく村へ帰還すると、村には文字どおり何も残されず、家という家はすべて焼き払われていた。……

元校長の話が一段落して、山花さんから、さ、次はあなたの番よ、と目でせっつかれました。何を話したらいいの？

わたしの心は狭すぎ、幼なすぎて、元校長の話をきちんと消化できません。話のうわっつらを思考が滑っていくだけ。しかし、何か話さなくては、相手に失礼になる。

とっさに浮かんだ記憶に頼って、しどろもどろ話をはじめました。

――こちらへまいります数日まえ、東京の自宅で、わたくしはあるテレビ番組を見ました。それは、中国戦線に出征した日本兵が、内地にいる妻へ書き送った手紙を紹介する番組でした。日本は第二次世界大戦中、アメリカやイギリスと戦うだけでなく、中国とも戦っていました。兵士たちは戦場で得たわずかな余暇に、家族への手紙をしたためます。他に楽しみらしい楽しみがなかったからでしょうか、手紙は長くなる一方、文字は細かくなる一方でした。軍は手紙を一々、検閲します。でも、量が多すぎて検閲しきれず、検閲をすり抜けて行き来する手紙があったようです。そういう手紙には軍に不都合な事実が、記録されていました。番組で紹介されたのはその一通です。

差出人である日本兵は、あるとき、中国人の不穏分子を処刑することになったそうです。彼のまえに突き出されたのは、みすぼらしい身なりの中国人の母と幼な子でした。彼にはその母子が自分の妻や子の姿と重なって見えてしまい、銃をむけることができなかった。そして、上官に訴えます。処刑はやめてください。上官を諫めるということが、軍隊でどれほど非常識なことか、わたしにも察しがつきます。たぶん、これは例外中の例外だったのでしょう。例外をもって全体を語るのは危険なことだ、とは承知しています。しかし、例外でも、事実は事実です。処刑をやめてください、と訴えた日本兵がひとりでもいたという事実は、事実として残ります……。

話すうちに、話の着地点をわたしは見失いました。目を伏せて、途方に暮れていると、気道の奥から感情の熱い塊りが突きあげてきました。咽喉元に力を込めて、塊りが口から飛び出すのをこらえようとすると、耳鳴りがします。目もあけられない。全身がかっと熱くなる。外界が遠のいて、こらえきれなくなって、気づいたら、嗚咽(おえつ)していました。

遠い異国の小学校の講堂で、ひとりすすり泣く自分を、もうひとりの自分が宙から見おろしていました。わたしはめったに泣かない女です。感情の流れがときどき途切れ、干上がって、自分を不感症だと思うことさえあります。なのに、なぜ、こんな場所で泣いているのだろう。こんな場所だから泣けるのか。さぞ、相手から軽蔑されるだろう、と怯えました。ナイーヴ、すさまじくナイーヴ。

ハンケチで涙をぬぐい、おそるおそる相手の反応をうかがうと、さっきまで一切の景色をシャットアウトするかのように見えた相手の大きな目玉に、やさしい小波(さざなみ)が立っていました。

元校長は、東洋の小娘をこういって慰めてくれたのです。

――あなたがおっしゃること、それが道理というものだ。人は人をたやすく撃ち殺すことなどできない。まして、罪もない母や子を殺すことなどできない。しかし、世の中には、まともな道理が通じない相手がいる。

戦争は突発的に起こるように見えるが、実はそうではない。逃れようのない流れの中で、起こるべくして起こる、それが戦争というものだ。

内戦には前史がある。昔から、セルビア人はムスリム人と仲が悪かった。ムスリム人はセルビア人を「侵略者」と呼び、セルビア人をこの土地から追い出すことを「解放」と呼びつづけた。内戦中、国際社会はムスリム人とセルビア人を公平に扱わず、一方的にムスリム人の肩を持ち、一方的にセルビア人を悪者扱いした。冷静に考えてもらいたい。いったい、どちらが侵略者なのか。

ムスリム人は、われわれの村を奪った。なのに、ハーグの国際戦犯法廷はセルビア人のムラジッチ将軍のみ重罪に問い、ムスリム人のオリッチ将軍を無罪放免にした。国際社会は、セルビア人側の主張に耳を貸そうとしない。だから、われわれは外国人を信用しない。

あなたは外国人だが、特別な外国人である。というのも、日本人だからだ。日本人はヒロシマ・ナガサキの痛みを知っている。一九四五年八月六日、アメリカが落とした一発の原子爆弾が、十四万人のヒロシマ市民の命を奪った。八月九日、七万人のナガサキ市民の命を奪った。兵士だけでなく、母も子も老人も病人も見境なく焼き殺された。よもや、あなた方はその痛みを忘れることはないだろう。だから、わたしたちの痛みがわかるはずだ。……

元校長がヒロシマ・ナガサキの死者の数をすらすら口にしたことに、わたしはひるみました。元校長は、あなたは日本人だからセルビア人の痛みがわかるはずだ、と太鼓判を押してくれたけど、わたしの心は相手の痛みのずっと手前で、うろうろしつづけるしか能がありません。正直にいって、わたしはヒロシマ・ナガサキの痛みがわからない。ヒロシマ・ナガサキへ行ったこともない。なのに、ヒロシマ・ナガサキのおかげで、わたしは「信用ならない外国人」の例外として扱われました。ヒロシマ・ナガサキの死者たちが、わたしを守ってくれました。

クラヴィツァ村のはずれ、森のなかの狭くてうねうねした未舗装の道をすすむと、一軒のバンガローがありました。板張りの壁や床が朽ちきって、格子戸のように板と板との隙間がひろがり、むこう側が透けて見えてしまう、こんなんで雨露を凌げるのか、心配になるようなバンガローです。

ハーグの国際戦犯法廷でセルビア側証人として立った老人は、襟や裾が垢で汚れきったワイシャツにジャージーのズボンという身なりで、ヴェランダの籐椅子に坐っていました。

歯がないらしく、白いヒゲで覆われた口もとが陥没しています。度の強そうな眼鏡はフレームが折れていて、それを紐でゆわえて頭にしばりつけています。犬でも飼っているのか、おしっこの臭いがあたりに充満し、蝿がまといついてきて、うるさくてたまらない。
老人はとつおいつ、ためらいがちに語りました。

——わしは去年から病気になって、動くこともままならん。
たしかに、ハーグで証言をした。
ムスリム人の司令官オリッチは、ヤーデ（残酷）だった、とね。
だが、ありゃ、徒労だったな。
内戦で、わしは二人の息子と七人の親戚をムスリム人に殺された。
息子のひとりはジョルジュ、ひとりはラトコという。
ジョルジュの遺体はナイフで切り刻まれて、小川の横の建設現場で見つかった。
首にはケーブルが巻きつけられ、手足はズタズタに刻まれていた。
ラトコの遺体は、まだ見つかっていない。
ムスリム人たちは、わしの目のまえで、ふたりの女性を殺した。
イヴァンという名の女性の遺体は、まだ見つかっていない。
昔のことなんだがね。
村の入口に大きな屋敷があって、そこで頭も足もない三人の遺体が見つかった。
ポリチェビッチの遺体には、腕がなかった。
ゴランも殺された。

私のジョルジュは、遺体を切り刻まれていた。

ジョルジュの遺体を探すために、わしはさんざん歩きまわったんだよ。

昔のことなんだがね。

ミロヴァンも、腕がない状態で見つかった。

ニコリッジも、腕がない状態で見つかった。

親戚のモムチロヴィッチという男は、ラポルトという場所で、ノラ犬のように殺された。

昔のことなんだがね。

もう、いいだろ。……


話はどこまでも断片的なまま、なかなか塊りになってくれません。

間投詞のようにくり返される〈昔のことなんだがね〉というつぶやきが、どうせおまえさんにはわかるまいがね、というつぶやきに聞こえました。

予定外の聴き取りだったので、お礼の用意がありません。どうしたものか弱っていると、

「あなたのスカーフ、素敵ね」

おじいさんの息子の嫁が目ざとくグッチのスカーフに目をつけました。母からの入学プレゼントだったので、あげたくなかったけれど、あげないわけにいかなかった。

次にむかったのが、あのスレブレニッツァでした。スレブレニッツァは、セルビア人が八千のムスリム人を殺したと伝えられる町、ジェノサイドの町です。ジェノサイドのジェノ（geno）は「人種」、サイド（cide）は「殺害」の意味だと辞書にあります。

確認しておきます。クラヴィツァ村ではムスリム人がセルビア人を殺したけれど、スレブレニッツァではセルビア人がムスリム人を殺した。クラヴィツァとスレブレニッツァは目と鼻の先なのに、被害者と加害者が入れ替わります。

意外にも、そこはひなびた温泉町でした。

町全体がひっそりしていて、いたるところ「鬆（す）」が走っている感じがします。芯が蝕まれて空洞化している感じ。家屋の数に比べて、町を歩く人の数が少なすぎる。

風景は、多摩川の上流あたりにいくらでもころがっていそうな風景です。なだらかな山がまわりをかこんで、川が町を貫いて流れています。とはいえ、山には、日本の山が持つ、膨れあがるような緑の生命力が足りません。樹木が単調でおとなしい。緑が薄い。降水量が少ないせいでしょうか。

話を聞かせてくれたのは、「スレブレニッツァの母」という犠牲者遺族NGOの一員でした。

本当はもっと高齢のはずだが五十歳ほどに見える「母」は、絞り染めのようなブラウスにベージュのロングスカート、頭から水色のスカーフをかぶって顎で結んでいます。目が深く落ちくぼんで、正視すると奥へ引きずり込まれそう。

待ち合わせたのは、墓地の門でした。門のむこう一面、白大理石の墓標が立ちならび、八月の陽がそこに照りつけています。湿度は低いけど、夏は夏、帽子か日傘がないと、きつい。

雲は流れても、風がない。さっきから草刈機の音が、酔っぱらいの唸り声のような抑揚をつけてこだましています。草刈機の音にときおり羊が首に吊るす鈴の、ちりんちりんという音がのどかに混じります。

八千人が殺されたという、その八千という数の重みを、わたしはつかめません。そんな異常な出来事があった土地なのに、よそのどことも風景が変わらない。そんなことあたりまえなのに、あたりまえなことが不思議でなりません。

――私の息子は二十五歳で殺された。

一九九五年七月、ムラジッチ将軍が率いるセルビア兵に、息子は殺害された。

最初は肋骨二本しか出てこなかったが、発掘とDNA鑑定がすすんで、今は骨全体の七五パーセントが手元にもどってきている。

この墓地の門をくぐると、いつも死者になった気がする。当時のスレブレニッツァの人口は五万、そのうちの八千三百七十二人がここに眠っている。ヒヨコの数じゃない。殺された人の数だよ。

なぜ、殺されたか？　ムスリム人であるから。ただそれだけの理由さ。セルビア人は、死者たちにだけジェノサイドをしたのではない。遺された家族すべてに対しても、ジェノサイドをした。ここは国連の「安全地域」で、オランダの国連保護軍が駐屯していた。にもかかわらず、それは公然とおこなわれたのだ。……

「母」は、語りながら墓地をゆっくりめぐっていきます。

わたしと山花さんは、「母」のあとをうなだれながらついていきます。

墓地と森との境界には、英語とボスニア語で併記された横断幕が掲げられていて、そこにはこう染め抜かれていました。

〈Serbia is responsible for the Genocide!〉（ジェノサイドの責任は、セルビアにある！）

告発、非難、糾弾の横断幕。

ヒロシマ・ナガサキにこんな横断幕がひるがえるさまを、ふと想像してみます。

〈U.S. is responsible for the Atomic Genocide!〉（原爆投下の責任は、アメリカにある！）

ありえない。日本ではありえない。

日本人のわたしには、スレブレニッツァの横断幕が異様に映ります。政治的なメッセージがあまりにうるさくて、死者が安らかに眠れないのではないかと心配になります。

それとも、異様なのは、横断幕ひとつ掲げず、敵を忘れてしまったヒロシマ・ナガサキなのでしょうか。

頭の芯がゆらゆらして、わたしは目を閉じました。

草刈機の唸りと羊の鈴音が耳のなかへ流れ込み、耳の孔から心の洞の奥へ反響します。

静か、途方もなく静かです。

KIRAM
1970－1995

――これが、息子の墓。キラムが、息子の名よ。……


「スレブレニッツァの母」はアッラーへの祈りをつぶやきながら、白い墓標を撫でました。

白状します。

わたしはそのとき、心が例の不感症にかかって、泣けなかった。泣けない自分が悔しかった。

もし、クラヴィツァよりも先にスレブレニッツァへ来ていたら、たぶん、このとき泣いたでしょう。まちがいなく、泣いたでしょう。でも、涙はクラヴィツァで使い果たして、もう一滴も残っていなかった。

「母」の目が、咎めているようでした。あなたはなぜ泣かないの？

でも、泣けない。泣けないものは、泣けない。泣けない自分が悔しい。

「母」から目を逸らして、土のうえを見ると、タンポポに似た黄の花が墓標の脇に咲いていました。

――セルビア人によって家を追われたあと、わたしと息子の嫁と孫娘は四十五日間、国連や赤十字の難民テントで暮らした。テントが不足していたので、ツズラにある難民収容施設へ移され、そこで一年すごした。それからサラエヴォへ移され、そのあとようやくスレブレニッツァへもどることができた。もどってみたら、わたしたちの家はなかった。セルビア人がすべてを焼き払い、奪い尽くしていたから。わたしたちにあてがわれたのは、自分の家ではなく、かつてセルビア人が住んでいた家だった。

今は夫の年金だけで暮らしている。夫はスレブレニッツァの化学工場で働いていたのでね。息子の嫁と孫娘は、今はサラエヴォで暮らしている。……

息子は殺されたが、息子の母と妻と娘は生き残った。きっと、男たちが応戦して時間稼ぎをしているあいだに、山のなかを三世代の女三人は夜陰にまぎれて駆け逃げたのでしょう。生きた心地はしなかったでしょう。わたしは想像して、「母」に思わずささやきました。

「うまく逃げきることができて、よかったですね」

山花さんは通訳を拒み、小声でわたしをたしなめました。

「セルビア人は、ムスリム人の女や子どもを見逃したの。ただし、おとなと子どもの線引きは曖昧で、犠牲者のなかには七歳の子どもが混じっていたのは、事実だけど」

小声になったのは、横断幕を染め抜く「ジェノサイド」という一語と女や子どもの見逃しという事実とが相容れなかったからでしょう。ジェノサイドの対象は民族なのだから、定義上、女や子どもの除外はありえない。

戦闘員と非戦闘員の区別のつかない戦いをしているとき、軍服を着た男を殺すことと平服の女や子どもを殺すこととのあいだに一線を引くことは困難だ、とは戦争を知らないわたしにも察しがつきます。しかし、困難だからこそ、一線を引く努力がなされたかどうかで、重大な差異が生じます。

中国人の母子を銃殺せよと上官から命じられて、命令を拒み、こういうことはすべきでない、と上官を諫めた日本兵がかつていた。その事実を想起してクラヴィツァで涙を流したわたしは、スレブレニッツァでの女や子どもの見逃しにこだわらざるをえませんでした。ただ、息子を殺された母の横で、これはジェノサイドか、ジェノサイドでないか、疑うのは背徳的ではないか、という自意識の痛みがありました。

白い大理石の墓標の脇に、緑色のプラスチックの墓標が立っていて、その根元には新しい土が毛布のようにふんわりとかぶせられていました。

新仏（にいぼとけ）のための仮の墓標であることは一目でわかります。が、はてな、と首をかしげました。

ここは一九九五年に起きた虐殺の犠牲者墓地なのに、なぜ新仏なのだろう。

わたしは「母」に訊ねました。

「この新しい墓は、ジェノサイドとかかわりがあるのでしょうか」


――もちろん、ジェノサイドの犠牲者の墓だ。

セルビア人たちはパワーショベルとトラックで、犠牲者の遺体を何度も埋めては掘り返し、場所を変えて、埋めては掘り返した。

なぜか、わかるかい。証拠隠滅のため。

埋めては掘り返しを繰り返せば、遺体は損傷がひどくなる。そして、遺体と遺体とが混ざりあう。ひとりの遺体がきれぎれになって、複数の穴から見つかることも起こる。

遺体を埋めた穴は、すべて見つかっているわけではない。

これから、新たに穴が見つかるかもしれない。

DNA鑑定によって、新たな犠牲者が確認されるかもしれない。

墓標は今後も増えつづけるだろう。

緑色の墓標は、来年の慰霊祭には、白い大理石の墓標に代えられる。……

広大な墓地の中央にモニュメントがあって、犠牲者の名とともにこんな言葉が刻まれていました。

〈May revenge become justice!〉（復讐よ、正義なれ！）

わたしはヒロシマ・ナガサキへ行ったことがないけれど、たぶん、原爆ドームにも、原爆資料館にも、「復讐」という語は刻まれていないでしょう。日本人として、日本の教育を受けた者として、そう確信できます。

ヒロシマ・ナガサキも東京大空襲も、敵がやったことだけど、日本人は敵がやったことだとは受けとらなかった。敵でなく、台風や地震と同じように天から降ってきた災害だと受けとめたのでしょう。天災なら、恨みが残らない。恨みが残らないから、戦争が終わればさっさと心の舵を切り換えて、復興へ突きすすむことができる。直き、明き心で。

そういえば三・一一のあと、被災地の卒業式の答辞で「天を恨まず」と涙ながらに読みあげた中学生が話題になったことがありました。天しか恨む相手がいないときでも、日本人が天を恨まなかったのは、なぜ？

5

私の郷里も妻の郷里も、お盆は旧暦でなく新暦で迎えるので、終戦記念日とお盆とが重なりあう。これは作為でなく、偶然である。しかし、毎年のことながら、終戦記念日とお盆とが重なりあう偶然を、できすぎた偶然だと呆れてしまう。

この偶然のおかげで、戦争の死者たちが一年に一度のご先祖さまの里帰りと合流して、八月十五日がより一層重いものになった。

終戦記念日が一月や五月や十月であったなら、終戦イメージはずいぶん異なったものになっただろう。

仏教と文芸はかかわりが深いので、一年に何冊かは仏教関連書を読むが、門外漢には理解しづらいことが少なくない。

いちばん理解しづらいのは、原始仏典が合理的かつ明晰で、一切の超越的存在を拒むにもかかわらず、時代を経るにしたがって仏教に諸仏諸神が乱舞し、日本へ仏教が入ってくると山川草木までもが超越化されてしまうことだ。

原始仏典に照らせば、お盆などもってのほかの行事だろう。仏教はまずもって生を苦と括(くく)り、苦の源を心の執着に求める。そして、執着を因とする果が、生き死にの際限ない反復、いわゆる輪廻(りんね)をもたらすと考える。したがって、仏教の救いは、執着を断ち、輪廻の環(わ)から外へ超え出ることにある。

ところが、お盆は死者をあの世からこの世に迎え、またあの世へと送り返す。死者の行き来を祝い祀ることは、死者への執着を深め、輪廻の宿命を強めることにつながる。仏教は輪廻を厭うのに、お盆は輪廻に恋着する。日本のお盆は、水と油のように弾きあうものをひとつに溶けあわせる。

弾きあうものを溶けあわせてしまう日本の風土や宗教が、若いころには唾棄すべき無思想や無節操に思われた。ところが四十を越えるあたりから、唾棄すべき無思想や無節操のなかに智慧と恵みが隠れているのではないか、と感じられるようになった。

端的にいえば、人の生き死にには頭で割り切れないことが多すぎる。頭で割り切れないものに対して理屈で抗するより、あの世やお盆や神仏といった「物語」で応ずる方がふさわしい、と素直に思えるようになった。信仰を「物語」に還元したら罰あたりかもしれないが、「物語」ととらえた方がしなやかにものを考えることができる。

水と油を溶けあわせる矛盾に寛容になれたのは、子ができたことも手伝っているかもしれない。十三年まえ、会社の同僚と結婚し、子をつくるつもりはなかったのに、子ができた。子は厄介の塊りだが、いとおしい。厄介だが、いとおしいのは、矛盾の極みだ。子と対するのは、この矛盾と対することだ。子と日々つきあううちに、矛盾に対して耐性ができるだけでなく、矛盾のなかに理屈を超える正しさを感受することができるようになったのかもしれない。父に対するわだかまりが溶けだしたのも、自分が父になってからだった。歳をとらないとわからないことが、人生にはありすぎる。

子を持つ親の立場からすると、三島由紀夫が子を棄てて自死したことに、承服しがたいものを感じてしまう。

彼にはふたりの子がいた。一女一男。年譜を調べると、長女紀子は昭和三十四年六月に生まれ、長男威一郎は昭和三十七年五月に生まれているので、昭和四十五年十一月二十五日、父が自死した時点で姉は十一、弟は八つであったことになる。

よくもまあ、ふたりの子を残して死ねたものだ、と溜息が出る。

釈迦もまた、子を棄てて出家した。

子を棄てることには、厳しい倫理的非難がつきまとう。倫理的非難をかわすには、子を棄ててもなお成就貫徹しなくてはならない公的な大義を掲げなくてはならない。釈迦には衆生済度という公的な大義があったが、三島はどうだろう。

三島は「生命尊重以上の価値の所在」を見せてやると社会に啖呵を切って死んだが、おそらく、これは理屈が転倒している。「生命尊重以上の価値の所在」を見せつけるために彼は子を棄てたのではなく、子を棄ててまで自死することを正当化するために、「生命尊重以上の価値の所在」を見せつけなければならなかったのだろう。

あなたはゼミで断言した。三島は逃げた、しかし、逃げたことから逃げなかった、逃げた自分へのオトシマエをつけた、それがあの死だった、と。

だが、こうもいえるのではないか。三島は二度、逃げた。一度目は国家から、二度目は家族から。


夏休み中、事務や会議で大学へ出かける日以外、私は永田町の国立国会図書館にこもる。ありがたいことに、国会図書館にはお盆休みがない。

厚い壁と柱で外界を遮断した図書館は静寂そのものだが、それでもときおり、右翼の街宣車から放たれる軍歌が館内まで響き込んでくる。八月十五日前後はとりわけ軍歌の音量があがり、静寂が攪乱される度合いが増す。

国会図書館の一階カフェでコーヒーをすすりながら、たまたまあなたからとどいた報告ファイルを読んでいた。女子大生とは思えない取材力に舌を巻き、何があなたをここまで駆り立てているのか、無気味なものさえ感じていると、見おぼえのある顔が近づいてくるのが目に入った。

「先生」

先に声をかけたのは君だった。

「卒論の準備ですか」

急いで教員の顔をとりつくろい、うわずった声で私が応ずると、君は忍び声で、

「いいえ、ネトウヨのことを調べています。このまえ、ヘイトスピーチのデモを、見てしまったんです」

幽霊でも見たかのように、見てしまったんです、という。立たせたままにしておくわけにもいかないので、座ったら、と目でうながすと、失礼します、とほどよい遠慮を滲ませながら君は私の正面に坐った。

それから、紅茶を頼むと、君はヘイトスピーチとネット右翼のことを何かに憑かれたように語りだした。そして、話はやむことなく、図書館の閉館時刻間際までおよんだ。

図書館から帰宅すると、パソコンの受信箱に、重いファイルを添付したメールがとどいていた。

〈きょうは思いがけずお目にかかれて、うれしかったです。一気に話し込んで、先生の時間を奪って、申し訳ありませんでした。弁解がましいことをいうと、あんな話題をぶつけられる相手が他になく、フラストレーションが溜まっていたようです。今は就活も卒論も吹っ飛んで、ネトウヨのことが頭から離れません。なぜか。もしかすると、自分の家庭環境と関係があるかもしれません。勝手ですが、卒論も、できればネトウヨと関連のあるテーマに変えさせていただけないでしょうか。橘さんの前例もあるから、不可能ではありませんよね。したがいまして、ヘイトスピーチ目撃以後の体験と考察を、卒論の準備報告に代えて送信させていただきます。鷲見恭一朗〉

鷲見恭一朗の報告ファイル・第一信

曇天。ときおり雨がぱらつく、蒸し暑い一日。

大久保に本社があるシステム開発の会社で面接を受けたあと、JR新大久保駅へむかうと、JR山手線のガード下の陰から、文字どおり「黒山の人だかり」が現われた。「黒山」は一車線を占拠し、さらに歩道にあふれだしていた。

「黒山」と見えたのは、デモ隊をとりまく警官たちが黒ずくめだったからだ。「警視庁」のネーム入りの防護服とヘルメットが、いずれも黒。「黒山」は警視庁の軽装甲車に先導されて、JRガード下を抜けてこちら側へ出てきた。「黒山」の頂きに、日章旗が群れている。日章旗の尖端には玩具のような「金の玉」が、禍々（まがまが）しくきらめく。

「黒山」は怒号していた。

帰れ！　帰れ！　帰れ！

「黒山」のデモ隊は、ふたつに裂かれていた。

ひとつがネトウヨで、もうひとつがこれと対立するカウンターネトウヨ。互いに、帰れ！　帰れ！　帰れ！　と怒鳴りあうのだが、それぞれ高音域と低音域を分担して、絶妙にハモるところがおもしろい。ネトウヨの担当は低音域の、帰れ！　帰れ！　帰れ！　カウンターネトウヨの担当は高音域の、帰れ！　帰れ！　帰れ！　どちらも憎しみをたぎらせて、一触即発の気配だ。

警官たちはネトウヨとカウンターネトウヨとをできるかぎり市民から隔離しようとして、両デモ隊にぴったり貼りついて移動する。その貼りつきようは徹底していて、猫一匹通さないほどだ。そこまでやらなくても、といいたくなるほど警官たちは神経を尖らせている。

しかし、警察がぴりぴりするほど、双子のデモ隊は増長し、大声で罵りあう。いずれのデモ隊にとっても、警官たちは打てば響くように反応してくれる、ありがたい観客だ。これならデモのやり甲斐がある。いずれのデモ隊も、警官隊によって怒りのエネルギーが補給されている。怒りは沸点間際まで高まるが、暴発はしない。直接行動におよべば、その場で御用となるのは明らかだから、沸点の一歩手前でつねにセーヴされる。双方とも傍若無人にふるまうようでいて、その実、警察の目をさりげなく意識し、自己統御する。そこが嫌らしい。

警察もまた、自己統御する。「黒山」を封じようとはするが、圧殺はしない。本音は圧殺したいだろうが、できない。したら、憲法違反になる。


「黒山」が近づいて、怒号が耳をつんざく。

低音域の、帰れ！　帰れ！　帰れ！　は、目ざわりな外国人はさっさと日本から出て行け、という意味の怒号だった。

一方、高音域の、帰れ！　帰れ！　帰れ！　は、醜悪なレイシスト（民族差別者）はさっさとこの街から出て行け、という意味の怒号だった。

ふたつの怒号がぶつかりあい、地響きを立てて、ぼくをつつみ込む。猥褻（わいせつ）だ、と思う。大のおとなたちが、公衆の面前で憎悪を剝（む）き出しにして、恥も外聞もなく罵りあう。まるで白昼公然の集団射精、それを警察が介助する。

ふだんは我慢して溜め込んでいる感情を、あからさまに曝け出す。曝け出された感情の、体液のようにぬるぬるべとべとした感触が、気色悪い。けど、気持ちいい。猥褻なものはたいてい、気色悪く、同時に、気持ちいい。

何が猥褻か。感情を剝き出すことも猥褻だが、ふだんおとなしくて、生真面目な、ふつうの人たちが、こんな物騒なものを身の内に隠しているということが、さらに猥褻だ。ぬるぬるべとべとした感情の劇薬が、無難な外見の裏にたっぷたっぷ揺れて、充満していることが、猥褻だ。

低音域の、帰れ！　帰れ！　帰れ！

高音域の、帰れ！　帰れ！　帰れ！

怒号の二重唱が、ぼくの全身をふるわせる。その興奮は、ロックのライヴの興奮ともちがうし、サッカースタジアムの熱狂の興奮ともちがう。もっと恥知らずで、毒々しい。

顔面が痙攣する。何に心を揺さぶられているのか、自分でもよくわからない。レイシストに心揺さぶられているわけではない。反レイシストに心揺さぶられているわけでもない。ふつうのおとなたちが公衆の面前で、恥も外聞もなく感情を剝き出しにすることに心揺さぶられている、としかいいようがない。

帰れ！　帰れ！　帰れ！

声をあげずにぼくも叫ぶ。だれにむかって？　自分にむかって。

父は党の機関紙記者、母は専業主婦、そのひとりっ子としてぼくは生まれ育った。

父の主義信条のせいで、子どものころからよく国会議事堂周辺のデモへ連れ出された。自衛隊のＰＫＯ派遣反対デモ、学校での国旗掲揚反対デモ、労働者派遣法改悪反対デモ、医療法改悪反対デモ、国民投票法案反対デモ……。わが家にとっての国会議事堂は国の行く末をゆがめる場であり、その周辺は国の行く末を怒りで正す場だった。

　物心つくまえからデモに参加させられたせいで、デモへの拒否感はなかったが、中学生になったころから、うっすら違和感を抱くようになった。わが家にとって、怒りは正義だった。怒りがデモの脊椎だった。しかし、年ごとにデモの怒りの濃度が薄まっていく。怒りが薄まると、内圧が下がる。内圧が下がると、デモはふにゃふにゃ状態に陥って、無残な見世物行列に堕す。デモが押し出す「正しさ」がぺらぺらのフィルムみたいに剝がれて、みっともなくめくれあがる。それがどうにも気持ち悪くなった。

　デモがお祭りになった。ヘンなコスチュームを身につけて練り歩く奴らが紛れ込んだり、パソコンを画板のように首から吊るして実況中継する奴らがくっついてきたり、お祭りとデモの見分けがつかなくなった。お祭りもデモも非日常という点で通底するとしても、両者は別種のものだ。「ふつうの人たち」を巻き込むためにお祭りも必要だという理屈はあるが、「ふつうの人たち」を巻き込むと怒りの濃度が薄まる。照れ笑いや腰くだけの声、なまぬるい空気が瀰漫(びまん)していく。クソもミソもいっしょにするお祭りデモを、ぼくは絶対に認めない。

　大久保通りの「黒山」にも、日常のなまぬるい残滓(ざんし)がまといついている。しかし、それを打ち払うような凶暴さがある。敵と味方とがくっきり分かれ、暴力へ発火する寸前のキナ臭さがある。それがいい。

ネトウヨ団体の公式サイトで次のデモ予定を確認すると、翌週もぼくは大久保通りへむかった。

その日はかんかん照りで、ネトウヨもカウンターネトウヨも声のトーンが落ち気味だったが、おかげで前回より冷静にデモの内外を観察することができた。

右翼といえば装甲車まがいの濃緑の街宣車、軍歌、迷彩服ふうのミリタリールックがお決まりだが、ネトウヨのデモ隊はそういう常套をことごとく破っていた。警察や観衆の視線に晒されるので、帽子を目深にかぶったり、サングラスをかける人が多いが、服装や髪型などはまったくふつうの市民ふうで、街宣右翼のものものしさや威圧感がない。サングラスをはずせば、たぶん、そこいらの兄ちゃん姉ちゃん、おじさんおばさんたちだろう。カウンターネトウヨも専業の活動家といった雰囲気はあまりなく、肩から背にタトゥーをしたロックンローラーふうもいれば、そろいのリュックとTシャツで仲良く手をつなぐカップルもいる。みんな、ばらばら。

「黒山」が占める車線の反対側の歩道では、ぼくを含めたギャラリーたちがカメラを手に、デモ隊と同じ速度で移動する。コリアンタウンの住人たちのなかには、口汚い叫びに耐えきれず、耳をふさいでその場にうずくまる人もいる。店先で仁王立ちし、腕組みし、デモ隊を睨みつける人もいる。怒りを込めた早口のコリア語で、カメラにまくしたてるレポーターもいる。風景のパーツパーツをモンタージュすれば、さぞかしセンセーショナルなニュースが仕上がるだろう。

カメラが切りとる風景の外側、デモ隊やギャラリーの外側には、まったく別種の現実がひろがっている。耳をふさいだり、憎悪の視線をむけたり、わかりやすい反応をする人たちはごくわずかで、おおむね傍観的、冷笑的だ。そして、気まずいものを見せつけられたときに自分をごまかす、例のへらへら笑い、薄ら笑いを浮かべる。あるいは、完全な無関心をよそおう。

デモ行進にあわせて、大久保通りを西へすすんでいくと、歩行者用の赤信号が異様に長いことに気づいた。たぶん、警察が信号を操作して、デモ隊とギャラリーの分断を図っているのだろう。

ギャラリーが赤信号で足止めされているあいだ、デモ隊は先へ先へすすんで、姿が見えなくなる。デモ隊が見えなくなると、ギャラリーも追う意欲が萎える。そして、思い知る。警察の罠にはめられた。自分は砂のような群衆のひとりとして、まんまと操作の対象にされた、と。

ギャラリーの吹きだまりには、私服の公安とおぼしき男たちも混じっていた。私服と制服がタッグを組み、澄ました顔をしながら、砂を囲い込んで、脇へ逸らし、排除する。

こんな操作に屈してなるものか、という反抗心がむくむくと起きた。立ちはだかる制服警官に、ぼくは無謀にも食ってかかった。

「どうして、分断するんですか。ぼくはネトウヨをきちんと観察したいんです。社会にとって都合が悪いものを市民から隠蔽することが、治安の維持ではないでしょう。由らしむべし知らしむべからず、は旧時代の発想です。都合の悪いものもきちんと市民に見せる。都合が悪いかどうか、それを最終的に判断するのは警察でなく、市民であるはずです」

あの父に育てられたので、これぐらいのことはいくらでも口を衝いて出る。

制服警官は、父と同世代に見えた。どこのだれとも知れない、リクルートルックの若僧に抗議されて、彼は照れ臭そうな、にやけた目つきをした。正面衝突を回避するための笑み。目は決して合わせない。野犬とは目を合わせるな、と警察手帳には書いてあるのだろう。

その冷静さに、むかッ腹が立つ。さらに激烈な抗議をぶつけようと身構えたとき、背後からぼくの肩を叩く者がいた。やられた。背後に私服が立ち、前方に制服が立つ。前と後とで野犬を挟み撃ちにする。その抜け目なさ、これが警察であり、国家だ。

ふり返ると、サングラスの男が立っていた。年齢はぼくの少し上ぐらい、二十代の後半か。黒のTシャツとダメージ入りのジーンズという格好は、私服警官ではない。私服は決してこんな格好をしない。

「それ以上は、やめとけ」

穏やかな口ぶりで、男はいった。

恫喝(どうかつ)とも、忠告とも、いずれとも聞こえた。敵か、味方か、素早く判断しなくてはいけないが、判断に迷う。恫喝にしては、声の下地に妙なあたたかみがある。しかし、だからといって味方であると即断するには、風体が怪しい。

ぐずぐずしていると、サングラスの男はぼくの左手首をつかみ、ぐいと引いた。手首を引く力に、ぼくは身をゆだねる。引く力が強くて、よろけそうになる。気づくと、赤信号の横断歩道を駆けていた。警官を尻目に男と自分は駆けていた。背後で、ピイッと鋭い警告の笛が鳴る。駆けたのはほんの数秒なのに、やけに長く感じられた。

　横断歩道を渡りきると、対岸の人ごみに紛れ込んだ。ふりかえると、群衆の壁のなかに制服が呆然と突っ立つ姿が見えた。ざまあみろ、と心のなかでつぶやく。が、こんなつまらぬことに、ざまあみろ、と唾吐く自分を憐れにも感じる。何と卑小な憂さ晴らし。『地下室の手記』の元八等官。

　しかし、この卑小な憂さ晴らしから、予期せぬ事態が起こった。足止めされて不満をつのらせていたギャラリーたちの壁があちこちで崩れ、警官の制止をふりきって、赤信号を無視して横断する人びとがつづいたのだ。

　制服警官はあわてて笛を鳴らし、腕をふりまわす。警官はうろたえている。明らかにうろたえている。横ならびの砂の群衆は統御しやすいが、個に目覚めた群衆は手がつけられない。多勢に無勢。力関係の逆転。ぼくは昂揚した。秩序はこうも簡単に覆るのか。

　ぼくの横に立つ、サングラスの男の口角があがり、頬がゆるむ。彼が敵でなく味方であることは、もはや明白だった。

「恩に、着ます。お礼に、冷たい飲み物でも、ご馳走したいんですが」

　見ず知らずの他人をお茶に誘えるほど、ぼくは社交的な性格ではない。しかし、そのときはすんなりと誘いの言葉が出た。めったにない昂揚を授けてくれた相手とその場かぎりで別れてしまうのは、あまりに惜しい気がしたからだ。

大久保通りから奥の路地へ少し入ったところにコリアンカフェがあった。

ガラスごしに路地に面したカウンターのスツールにならんで坐り、アイス・ユズティーをふたり分注文した。ガラスは汚れて曇り、蝿が這っている。蝿はゆっくりと弧を描いた。

屋内でも彼はサングラスをはずさなかった。あらためて横顔を眺めると、正面顔の精悍な印象とはずいぶんちがい、老けて、神経質そうだ。

ぼくが誘った以上、こちらから先に個人情報を明かすのが礼儀だろう。

「S学院大学四年の、鷲見恭一朗と申します。現在、就活中です。先週、企業面接があって大久保へ来たら、ヘイトスピーチのデモにぶつかって、何ていうか、つまり、感動してしまったんです。もちろん、ヘイトスピーチはクソです。めっちゃ下品だし、格好悪い。でも、公然とおとなたちが感情をぶちまける姿に、ぞくぞくするものを感じてしまったんです。で、気になって、また来てしまいました」

そういったあと、正直すぎる告白をしたことを後悔した。相手がネトウヨ側なのか、カウンター側なのか、あるいはそれ以外の立場なのか、正体がはっきりしない。なのに、ヘイトスピーチはクソだなんて口走るのは、軽率すぎる。

相手は複雑なニヤリを頬に浮かべた。共感のニヤリか、冷笑のニヤリか、見分けがつかない。すぐに共感の言葉が返ってこなかったところから察すると、ヘイトスピーチにいくらか加担する気持ちもあるらしい。ぼくが名を明かしたのに、むこうは名も明かさない。機嫌でもそこねたのだろうか。

口の重い相手に口をひらかせるために、質問をぶつけてみた。

「長いんですか、ヘイトスピーチ・ウォッチングは？」

これまた、いってしまったあとで後悔した。ヘイトスピーチ・ウォッチングなどという語が世間にあるのか、どうか知らない。自分がしていた行為をどう表現していいかわからず、とっさに浮かんだのがそれだった。ネトウヨがこんな命名を聞けば、小馬鹿にされたように感じるだろう。

ようやく相手が口をひらいた。いったん話しだすと、止まらない。

「初めて見たのは、三年まえかな。動画でね、ガス室へ送れだの、なぶり殺しにしろだの、レイプしろだの……、何だこれって感じで。でもね、あんたがいう、ぞくぞく感ね、わかるんだ。あの連中は特定の民族や集団をターゲットにするけど、結局、ターゲットは何だっていい。重要なのは、いつもは従順にふつうの市民を演じているのに、ふつうの市民のスイッチをオフにして、堂々とキレてみせる、その瞬間のカタルシスじゃないのかな……。ねえ、カタルシスって、もと もと医学用語だったって、知ってる？」

突然、妙な質問が投げかけられて、どぎまぎした。

「カタルシスって、物語に感動して、心がすっきりすることでしょ。あれ、文芸用語じゃないんですか」

彼はさっきよりはわかりやすいニヤリを頬に浮かべた。これは好意的なニヤリだろう。

「そう、カタルシスって、心がすっきりすることだよね。もともとの意味は、浄化。でも、古代ギリシャ人は、心の浄化が身体の浄化につながると考えた。身体の浄化は、病いを癒す。だから、カタルシスは立派な医学用語だったんだ。その証拠にね、エピダウロスのアスクレピオス記念総合医療センターには、一万四千人収容の大劇場があった。悲劇を演じることは表現行為でなく、治療行為だった。劇場は娯楽施設でなく、病院だった。だから、古代ギリシャ悲劇は芸術であるまえに、観て聴く薬だった」

なぜ、カタルシスの話を延々とするのか、考えながら聞いていると、あ、そういうことか、と気づいた。

「つまり、大久保通りは、病院だ、とおっしゃりたいんですね」

先手を打ったつもりはないが、そのように受けとられたらしかった。彼は虚を衝かれたのを隠すようなニヤリを浮かべた。

「そのとおり、大久保通りは劇場病院だ。ただし、この病院で演じられる悲劇は、演じる本人には治癒効果があっても、聴衆には感情のひずみを残して、病いへ引きずり込む」

「役者は浄化されるけど、その分、聴衆は不浄になる」

アハハッ、と彼は気持ちよさそうに笑う。心の鍵がひとつはずされたようだ。

「大学生は、いいな。話が通じやすい」

しみじみというので、ひょっとしてこの人は大学を出ていないのか、と思い、

「大学は、文系ですか」

遠まわしに探りを入れると、数秒のためらいがあった。

「俺、大学、行ってないんだ。高校生のとき、バイト先で知り合った大学生がろくでもない奴で、こんな連中がいるようなところへ行っても仕方ねえって思って。で、コンピューターの専門学校を出て、プログラマーになった。知ってのとおり、ああいう業界だから身も心もボロボロになりかけて、直前で逃げ切った。そのあと、不動産屋に転職したが、そこもひどいところで、人を牛馬のようにこき使う。自分が牛馬になるよりは、牛馬をこき使おうと思って、焼肉のチェイン店に転職して、今は店長をやっている。週一日しか休みがとれないが、それでもプログラマーのころに比べたら天国だ。休日はヘイトスピーチを見に来るか、本を読むか、どちらか。この歳になって、本を読む楽しみをおぼえた。パチンコも、競艇も、酒も、女も、飽きた」

パチンコも、競艇も、酒も、女も飽きた、ということは、パチンコにも、競艇にも、酒にも、女にも耽った過去がある、ということなのだろう。欲望の諸段階を低いものから高いものへと昇っていくと、最後には読書やヘイトスピーチ・ウォッチングに到達する、というふうにも聞こえる。

「本は、どんなジャンルが、好きですか」

ぼくも本が好きだから、他人がどんな本を好むか、気になる。

「主に歴史書。本は、最後には、歴史書に行きつく。人間の営みのすべてがそこにあるからね。歴史がわかると、魔法が解ける」

「魔法って」

「シカンの魔法」

「?」

「歴史の史に、観光の観。史観。マスコミや学校が植えつける歴史は、ひとつの史観にすぎない。そんなものを真に受けてはいけない。歴史は個々に見出すものだ。歴史をひとりで探索しだすと、史観の歪みがはっきり見えてくる。たとえば、大東亜戦争はまちがった戦争であって、まちがった戦争へ日本人を引きずり込んだ軍人や政治家はまちがった指導者である、という出来合いの説明ね、これはひとつの史観であって、歴史そのものではない。でも、だれもかれも、自分の目で確かめもせずに、それを歴史そのものだと受けとめている。要するに、魔法にかかっているわけさ。で、恐ろしいことに、本人は自分が魔法にかかっていることに気づかない。魔法から解かれた者にしか、自分が魔法にかけられていたかどうか、わからない。話をしていて、こいつ、魔法が解けているなとか、解けてないなとかわかるまで、何年もかかった。旧左翼はおおむね魔法にかかっている。右翼はどうか? 右翼ですら、魔法から解けていない者が多い。つまり、自分の頭で歴史を考えるという面倒な作業を、だれもがスキップしたがる。左翼史観を左から右へ反転させただけじゃ、ダメなんだ。俺の趣味は、右翼の看板を掲げる団体を訪ねてね、こいつは出来合いの史観でものをいう奴らか、それとも、自分の頭でものをいう奴らか、鑑定してまわることだ」

そういって彼は、今度は強烈な自信のニヤリを浮かべた。世の中には不思議な趣味があるものだ。

「あのネトウヨはどうなんです、鑑定結果は?」

彼はニヤリを引っ込めて、サングラスをぼくの方へむけた。

「あれは、右翼じゃない。天皇を敬う心なんてないし、ひとりで歴史の闇へたちむかう知的好奇心もない。排外のための排外主義者だ。ただ、見逃せないのは、あの熱狂なんだ。目ざわりな異物を排除したいという、ただそれだけの熱狂。俺なんかヘソ曲がりだから、異物を排除するまえにまず、異物でない日本って何だろう、と考えてしまう。でも、奴らはそんな込み入ったことは考えず、ただただ感情のみで動いていく。俺が気になるのは、言葉でつかむ原理のまえに感情でつかむ原理がありはしないのか、俺には見えないものをあいつらは感情でつかんでいやしないか、ということなんだ」

大学を出ていないと聞いた瞬間から、どことなく相手を軽く見くだす心が生まれたが、相手の言葉がその心を蹴散らした。この人はあくまで自分の頭で吟味する姿勢を貫こうとしている。そういう姿勢はえてして尊大で、公平を欠くものになりがちだが、あのネトウヨを排外のための排外主義者として斬り捨ててそれでよしとせず、いや待てよと立ち止まり、なお否定を留保して吟味をつづけようとする。

「あ、そろそろ行かないと。これから、本社で店長の研修会があるんだ。ユズジュース、ごちそうさん」

彼は腕時計を見て、立ちあがった。週一度の休みも、完全な休みではないらしい。休日まで研修で盗られたら、たまらない。が、ぼくはそういう勤め人になるために就活をしているのだ。

最後にもう一問、ぶつけてみた。

「史観鑑定で、これは本物だという結果が出た団体を、ひとつ教えてください。会って、ぼく自身も確かめてみたいんです。魔法が解けるというのが、どういうことか」

男はサングラスのフレームのブリッジを指で押しあげながら答えた。

「ショウワ・キョウ、昭和時代の昭和に、ミラーの鏡で、昭和鏡。この団体は、弱いが、強い。やさしいが、怖い。右翼だが、右翼ではない。もっというと、あれは静かな、礼儀正しいテロリスト集団だ。一人一殺ならぬ、一人一喝のテロ。デモにくっついて歩いていれば、そのうちお目にかかれるよ」

6

橘アカネの報告ファイル・第二信

紹介が遅れました。

通訳兼コーディネーターの山花小夜子（さよこ）さんは、大学の大先輩です。十五年まえに文学部東欧文学科を卒業して、セルビアのベオグラード大学へ留学し、日系商社に現地職員として勤めたのち、通訳兼コーディネーターとして独立しました。サラエヴォ大学の留学生宿舎を手配してくれたのも、彼女です。

年齢はアラフォーでも、見かけはアラサーとしておきましょう。有能な人なのですが、唯一気に食わないのはヘビースモーカーであること。本人からの要望でわたしが日本から空輸したセブンスターを、口がさびしくなるとすぱすぱやる。こちらの嫌煙圧力は、日本ほど激しくないようです。

ベオグラードへ来ました。霧のかかる日など一日もなかったのに、わたしのなかのベオグラードはいつも霧が立ちこめています。

歴史の冷凍庫、と呼びたいほど、ベオグラードには十九世紀の古い建物がたくさん残っていますが、一方、旧ユーゴスラヴィアの社会主義時代に建てられた巨大コンクリ建築もあちらこちらでお目にかかります。ただし、モダンであるはずの二十世紀の巨大コンクリ建築が、十九世紀のクラシカルな建築よりも、くすみ、古ぼけて見えてしまうのが不思議です。

ベオグラードはセルビア共和国の首都であって、カラジッチが大統領をつとめたセルビア人共和国の首都ではありません。セルビア人共和国とセルビア共和国とは別モノです。

セルビア共和国は、旧ユーゴの盟主的な存在でした。したがって、一九九〇年代に入ってスロヴェニア、クロアチア、マケドニア、ボスニアと次々に分離独立の動きがはじまると、旧体制を守るために、躍起になってモグラ叩きをしました。

セルビア共和国とセルビア人共和国は、ともにセルビア人が多数派を占める国だから、だれよりも信頼できる国同士であるはずです。ところが、セルビア共和国大統領ミロシェヴィッチとセルビア人共和国大統領カラジッチは内戦中、仲たがいをしてしまう。これもしてやった、あれもしてやった、恩着せがましく過去の証文をふりかざして自分たちを子分のように操ろうとするミロシェヴィッチの態度に、カラジッチは切れた、と山花さんはいいます。

内戦後、ミロシェヴィッチは市民革命によって、大統領の座から引きずりおろされました。カラジッチは戦争犯罪人として逮捕され、ハーグの国際戦犯法廷の被告人になりました。セルビア共和国は分離独立運動を抑えきれずに盟主としての地位を失い、さらに国際社会からは悪役のレッテルを貼られて孤立し、経済的にも困窮しました。

失ったものと得たもの、ふたつを比較すると、クロアチア人とセルビア人とムスリム人、三つ巴の内戦は三方痛み分けで終わったのでなく、セルビア人のひとり負けで終わったかのようにも見えます。

ベオグラードは古来、奪ったり奪られたり、争いの絶えない土地でした。

まず、古代から中世にかけて、ローマ帝国の支配がつづきます。そして、紀元後六世紀ごろから、スラヴ人が南下してこのあたりに住みはじめます。

このスラヴ人は、セルビア人やクロアチア人やムスリム人の祖先だといわれます。セルビア人は大昔からセルビアに住んでいたのでなく、もとはヨソから来た者たちだった。ちなみに「ユーゴスラヴィア」という名のもともとの意味は、「南スラヴ人の土地」。だから、旧ユーゴは枝分かれした諸民族をもとの一民族へもどそうとする壮大な試みであったことが、その名からうかがえます。

さて、南スラヴ人はキリスト教を受け入れ、十三世紀には東方教会からセルビア正教会を独立させ、十四世紀にセルビア帝国（王国でなく帝国！）を打ち立てます。これがセルビア人たちの心の故郷(ふるさと)です。しかし、一三八九年のコソヴォの戦いで、オスマン・トルコ帝国に敗れ、軍門にくだる。中世セルビア帝国の栄光は、束の間の耀きでした。

オスマン・トルコ帝国の支配に対して、セルビア人は執拗に叛乱をくり返します。しかし、そうたやすくは自治など勝ちとれない。かろうじて自治を得るのは、十九世紀になってから。しかし、トルコの支配を脱しても、別の巨大帝国が目のまえに立ちはだかります。オーストリア・ハンガリー帝国。ウィーンの宮廷はボスニア・ヘルツェゴヴィナを併合して、セルビア人の民族意識を傷つけます。

第一次世界大戦を引き起こしたのは、セルビア人の青年が発した銃弾でした。銃弾は、帝国の皇太子夫妻を殺傷する。しかし、当時、このテロが史上初の世界大戦に進展するなどとは、だれひとり想像しなかったようです。想像を覆したのは、同盟や協商などによって結ばれあった、列強の集団的自衛権でした。ドイツ、ロシア、フランス、イギリス、イタリア、アメリカ、日本までを巻き込んだ長い長い殲滅(せんめつ)戦は敵味方合わせて、兵士だけでも一千万人におよぶ死者を出します。

第一次世界大戦はドイツとオーストリアとロシア、三つの帝国を崩壊させ、バルカン半島に政治的真空をもたらします。これを好機として、新しい国が誕生する。その名も「セルビア人・クロアチア人・スロヴェニア人王国」。寄せあつめの、危うい名。

事実、王国は短命に終わりました。セルビア人、クロアチア人、スロヴェニア人のあいだの主導権争いは絶え間なく、セルビア人の国王がクロアチア人によって暗殺される。帝国という外圧を排除したら、今度は内部抗争のはじまり。果てしなくつづく陰謀とテロは、バルカン政治の代名詞となりました。

ナチスの勢力圏に入ったときも、内部抗争はつづきます。クロアチア人のテロ組織ウスタシャは、セルビア人やユダヤ人やロマを虐殺し、セルビア人のテロ組織チェトニクは、クロアチア人やムスリム人を虐殺します。

一九四四年、パルチザンの指導者チトーがナチスに勝利し、翌年「ユーゴスラヴィア連邦人民共和国」を樹立します。

チトーの偉大さは、自身はクロアチア人とスロヴェニア人の血を引いているのに、クロアチア人とスロヴェニア人を中心とする国づくりをしなかったこと、出身民族の利害より諸民族の共存を優先させたことです。チトーはソヴィエットという強大な外圧を跳ね返し、自主管理方式を貫き、内部抗争を抑え込んで、半世紀の安定をバルカンにもたらしました。わたしはチトーに政治家の理想像を見ます。政治家の仕事というのは、こうでなくちゃいけない。

しかし、半世紀の安定はチトーという一カリスマにかろうじて支えられた、脆いものでした。彼が倒れるとユーゴのタガがゆるみ、冷戦終結とともに分離独立の動きがはじまる。民族のプレートとプレートとの摩擦が、古いマグマを吸いあげて噴き出させる。そして、例の内戦が起こる。

この土地にとって、善きものとは何か、悪しきものとは何か、考えずにいられません。もし、安定と共存という価値を軸に据えるなら、善きものとは穏健な帝政であり、悪しきものとは苛烈な民族主義だったかもしれない。あ、これ、常識に反している。

さらに、想像が飛びます。

ムスリム人はセルビア正教を棄ててイスラム教に改宗したセルビア人だと山花さんから聞きましたが、彼らはもしかすると、民族という狭いアイデンティティにこだわることが災いしか招かないことを予見したからこそ、仲間から裏切者呼ばわりされるリスクを冒してまで、イスラムに改宗したのではないのでしょうか。


チトーと対比して、カラジッチのことを考えます。

もし、カラジッチがセルビアの民族主義の代弁者でなく、セルビア人もクロアチア人もムスリム人も統合する新しい理念を提唱して、三民族をひとつに統合し、内戦を収拾してバルカンに安定と共存をもたらすことができていたら、第二のチトーになりえていた。もし、ヒトラーの再来でなく、第二のチトーが、三島由紀夫を愛読したのであれば、三島さんの文芸の普遍性はより鮮明に世界に知らしめられたでしょう。

「カラジッチが第二のチトーになる可能性は、なかったのでしょうか？」

クネズ・ミハイロヴァ通りのカフェでポポフさんに質問すると、こんな答えが返ってきました。

「第二のチトーになる可能性が、ボスニアでもっとも高い政治家が、カラジッチだった」


ポポフさんはRTS国営ラジオ・テレビ局の記者にしてテレビキャスターで、カラジッチに何度もインタヴューした経験がある人です。日本でいえば筑紫哲也のような存在、と山花さんが教えてくれたのですが、筑紫哲也がどういう人なのか、わたしは知りません。

元キャスターというだけあって、彼はいかにも人好きのする、ソフトな微笑みを絶やさない、頭のなかも身体もスマートな、金髪の中年男性でした。さぞ女性ファンが多いでしょう。

「カラジッチは一貫して内戦に反対してきた。そのことを忘れてはならない。彼は権力欲に駆られて大統領になったのではなく、内戦を食い止めるために、火中の栗を拾う覚悟で大統領になったのだ」

彼はそういいました。うれしい言葉でした。わたしが求めていたカラジッチ像は、まさしくそういう人であったし、そういう人でなければならなかったからです。

しかし、不安もおぼえました。

立場のちがいが、同じ出来事を正反対に描きだす……、ボスニアが教えてくれた教訓です。セルビア人のポポフさんが、セルビア側の指導者カラジッチを悪くいうわけがない。立場に拘束された言葉をいくら聞いても、永久に真実にたどりつけない。わたしが知りたいのは、立場による価値判断の色づけがなされるまえの、ありのままの事実です。

だんだん苛々してきて、わたしはポポフさんをせっつきました。

「では、スレブレニッツァで起きたことは、何だったのです？　セルビア人は、あそこで何をしたのですか？　カラジッチはそのことにどの程度関与したのですか？　事実を教えてください。事実だけを教えてください」

次に記すのは、彼が自力で取材してつかんだ一部始終です。

——一九九三年の冬、スレブレニッツァ周辺の町や村、ブラトゥナッツやクラヴィッツァなど二十六の町や村がムスリム人によって焼き払われ、三千二百人から三千六百人のセルビア人が殺害された。

以後もムスリム人の兵士らがスレブレニッツァから断続的に繰り出して、周辺のセルビア人集落に攻撃を加えているという情報は、大統領カラジッチの耳にも達していた。

カラジッチが命令を出す。《スレブレニッツァに対する監視を強化せよ》。

四月十六日、国連安保理決議八一九号が出て、スレブレニッツァ周辺が国連の「安全地域」に指定された。これによって、当該地域でのいっさいの軍事行動は認められなくなった。ムスリム人もセルビア人も武装解除せざるをえなくなった。

しかし、ムスリム人側の参謀本部は、スレブレニッツァにいた三万四千人のムスリム人に対して、安保理決議に従うな、という命令を出した。

カラジッチが命令を出す。《スレブレニッツァおよびその近郊のムスリム人たちに、武器を差し出させよ。武器を差し出したムスリム人には害を加えず、他の市民と同じ扱いをせよ。女と子どもは逃がせ》。

その後、一触即発の状態が長くつづいた。

一九九五年七月、ついにセルビア兵がスレブレニッツァに迫り、ムスリム兵は山へ逃げ込んだ。セルビア兵はいいつづけた。武器さえ差し出せば、命は助ける、と。

セルビア兵は、ムスリム人の女と子どもをバスに乗せて逃がした。逃れた女や子どもたちの一部は、現在、スレブレニッツァにもどって暮らしている。

あなたはいうだろう。女や子どもは逃したのに、なぜ、一般市民の男たちをバスで逃がさなかったのか？

二年前、ムスリム人がスレブレニッツァ周辺で三千二百人から三千六百人のセルビア人を殺害しているという事実を、ぜひ思い出していただきたい。

内戦は、兵士と一般市民との見分けがつきにくい。一般市民の恰好をした男たちのなかに、同胞のセルビア人の家を焼き、首を切った者たちが紛れ込んでいるとしたら、あなたはそいつらを野放しにできるだろうか。……

はい、とも、いいえ、とも、どちらともわたしは答えられませんでした。

——特殊部隊のパンドロビッチ隊長が、カラジッチに電話した。スレブレニッツァのムスリム人たちが逃走をはじめた、と。

カラジッチは命令を出す。《逃走を阻止せよ》。

こうして、戦闘がはじまった。

パンドロビッチ隊長はムスリム人たちに伝えた。われわれに従わない者は、最後のひとりまで抹殺する。ただし、二十四時間の猶予を与える、と。

二十四時間の猶予、これがジェノサイドだろうか？

ハーグの国際戦犯法廷はパンドロビッチに、禁錮十三年の刑をくだした。一方、彼が二十四時間の猶予を与えたことに対して、きちんと事実認定している。

逃げずに留まったムスリム人の男たちは、捕虜になった。捕虜たちはひとまず、小学校の体育館などに収容された。しかし、ここで、捕虜を皆殺しにしよう、といいだすセルビア人がいた。だれがいったのか。

カラジッチか？

そういう命令が出された記録は、ない。

軍司令官のムラジッチか？

その可能性はゼロとはいえないが、証拠がない。

ただし、前年にムラジッチのひとり娘がピストル自殺していることが、捕虜虐殺と何らかの関連がある、という推測は成り立つ。娘を奪った男への恨みが、ムラジッチを衝き動かしたのかもしれない。ムラジッチの娘はムスリム人の男と恋愛関係になり、父親のピストルで自らの命を絶った。いうまでもないが、ムラジッチがムスリム人の捕虜虐殺の命令を出したという推測は、セルビアの民族主義者たちにたいへん評判が悪い。

自分は、こう考える。

スレブレニッツァで起きたことは、ジェノサイドではないが、犯罪にはちがいない。手をくだした者は、民兵部隊、あるいは捕虜を監視する地元の警察ではなかったか。……

ポポフさんはセルビア人なのに、一方的にセルビア人を正当化しない。セルビア人とムスリム人、両方の正当化のあいだに細い尾根道を見つけてすすんでいきます。

――強い病気には、より強い病気で、という諺がセルビアにはある。強い病気を癒やすには、より強い病気にかからせればよい。

スレブレニッツァは、内戦という「強い病気」から抜け出すために必要な、「より強い病気」だった。

大胆にいえば、スレブレニッツァがなければ、内戦は終わらなかった。スレブレニッツァがなければ、国際社会がボスニアで起きていることに関心を抱いてくれなかった。国際社会が関心を抱いてくれなければ、内戦への外部からの積極的な介入や調停もありえなかった。

アメリカの本音を推測すれば、もっともっとムスリム人にセルビア人を挑発させて、セルビア人にもっともっと非道な行為をさせたかっただろう。そして、セルビア人をもっともっとナチス級の悪者に仕立てたかっただろう。そうなれば、世界が注目する。世界が注目すれば、アメリカが介入する意味が生じる。逆にいえば、アメリカが介入するには、是が非でもヒトラーが要る。ヒトラーの再来を許さないこと、それは第二次世界大戦の勝者、アメリカの正義に直結するからだ。

ムスリム人は弱くて善い民族、セルビア人は強くて悪い民族、この善悪図式が成り立てば、アメリカは堂々と正義の旗をふって介入し、善に味方し、悪を叩きつぶすことができる。

善がムスリム人の側であるというのも、アメリカにとって都合がいい。アメリカがムスリム人ながる。……

の側につけば、世界中のイスラム教徒を味方につけることができる。これはアメリカの国益につ

気持ちが悪くなってきました。

政治というものの楽屋裏、「国益」という言葉の語法は、こんなにもいかがわしいものなのでしょうか。

セルビア人はナチスの再来、カラジッチはヒトラーの再来、このシナリオが国際社会の関心をあつめ、内政干渉という非難を抑えて介入を正当化し、とどまることのない内戦に終結をもたらした。したがって、これはよくできたシナリオである、と不利な終戦条件を呑まされた当のセルビア人がいうのです。

セルビアは悪い病気に罹った、その病原菌をカラジッチという一人物に集約させる、とすれば、カラジッチひとりを屠ることで、すべての悪を払うことになる。アメリカも、ムスリム人も、セルビア人も、きれいに三方一両得、といわれれば、たしかによくできたシナリオです。でも、吐き気がする。

似たような事例が、かつての日本にもあったことに思いあたりました。

国際戦犯法廷は、半世紀以上まえの東京でもひらかれました。そして、東條英機を初めとする戦犯を絞首刑や終身刑にし、戦争は幕引きされ、戦後復興がはじまりました。

あの戦争が正しかったか、まちがっていたか、そんなことは簡単にシロクロつくはずもないのに、アメリカは強引にシロクロつけるために東京裁判をひらいた。そして、ひとつのシナリオができあがった。戦争中の日本はまちがっていた、日本をまちがわせたのは悪い指導者たちだった、そして日本はまちがった過去を清算して、平和国家として再生する。アメリカは日本の過去の清算と再生のための最大の協力者である……。

これまた、吐き気がするほどよくできたシナリオではありませんか。カラジッチひとりに汚れ役を押しつけることで、アメリカもムスリム人もセルビア人も三方一両得したように、東條英機を初めとする戦争指導者たちに汚れ役を押しつけることで、戦争に賛成した日本人も、戦争に反対した日本人も、日本を占領統治するアメリカも、三方一両得になるのです。戦争遂行に邁進した人たちは、自分たちはまちがった指導者に騙されていた、と被害者面して自己免責できます。戦争に反対した人たちは、自分たちは正しかったと自己正当化できます。日本人を殺しまくったアメリカは、日本人の憎しみをかわし、占領統治を正当化し、日本を自分の駒として手なずけることができます。

アメリカが見事だったのは、東條以下を裁いたのに天皇は免責し、象徴という曖昧な法的地位を与えて温存させ、天皇もまた悪しき戦争指導者たちの犠牲者であったというシナリオをつくりあげたことです。天皇が残されることによって、日本人のプライドは保たれます。戦争には敗北したが、完全な敗北ではなかった、という負け惜しみの余地が生じます。

戦争中、日本人の多くは天皇陛下万歳と叫んで死んでいきました。三島由紀夫も天皇陛下万歳と叫んで死んでいきました。日本のために死ぬことは、天皇陛下のために死ぬことだった。ということは、日本とは何か、その本質を突きつめていくと天皇御一人に帰着する。日本一国の価値と天皇御一人の価値が釣りあう。そういう天皇を戦後も継続して戴(いただ)くことは、奇妙な安定感を日本人にもたらしたことでしょう。

忘れていけないのは、日本人の面目を保たせてくれた恩人が、自分たちをこてんぱんに叩きのめした、当のアメリカだったということです。敵と味方が、ここで見事に利益の一致を見たということです。このネジレを、世の右翼たちはどう受けとめるのでしょう。

日本の歴史を敵国が自己都合で裁くのは、日本人から見れば、憎むべき暴挙です。しかし、その暴挙によって、日本人が過去を切断し、復興へ迷いなく突きすすむことができた、これも事実です。

ネジレています。日本人のほとんどはネジレをネジレとすら感じずに生きてきたし、今も生きています。

でも、あの人はちがった。あの人はネジレに気づいて、命懸けでネジレを断とうとした。

今まで、わたしは三島さんを政治的文脈からはずして眺めようとしてきたけれど、ひょっとすると、それはまちがいだったのかもしれないという疑いが萌しました。

セルビア人はだれもが同じことをいいます。

国際社会にはアンチ・カラジッチ・キャンペインが存在した。そして、アメリカはカラジッチを訴追しないことを条件に、大統領の座から引きずり降ろしたのだ、と。

いずれも、セルビア人の被害者意識が生んだ妄想ではないのか、セルビア人の自己正当化のこじつけではないのか、という疑念を山花さんにぶつけてみました。すると、わたしがスーパーへ買物に行っているあいだに、彼女はホテルのフロントに二冊の本をとどけてくれていました。

一冊は日本語の本で、高木徹の『ドキュメント　戦争広告代理店――情報操作とボスニア紛争』。

もう一冊は英語の本で、ニック・ホートンというイギリス人ジャーナリストが書いた『The Quest for RADOVAN KARADŽIĆ（ラドヴァン・カラジッチを求めて）』。

それぞれ付箋が貼られていて、そこだけ拾い読みすれば用が足りるように手まわしされていました。ただ、付箋箇所だけでも相当なページ数になります。文字の圧力が、睡魔を誘う。ところが、読みだすと睡魔はどこへやら吹っ飛んで、怒りで頭が冴えざえとなりました。

高木徹の本は、アンチ・カラジッチ・キャンペイン、アンチ・セルビア・キャンペインがまぎれもなく存在したということを、個々の事実で裏づけていました。

信じられないことに、キャンペインの糸を最終的に手繰るのは、アメリカ国務省でもなければCIAでもなく、ルーダー・フィン社というアメリカの一PR企業の社員、ジム・ハーフでした。良くも悪くも、たったひとりのPRマンがアメリカ政府を手玉にとって、アメリカをはじめとする国際社会を動かしたのです。

キャンペインはそもそも、ボスニア・ヘルツェゴヴィナのムスリム人側政府を顧客としてはじめられたものでした。つまり、発注元は、反セルビア人側の政府だったのです。

ジム・ハーフは考えました。複雑すぎる民族抗争の話には、だれも耳を貸さない。貸そうとしない耳を貸させるには、できるかぎり単純でわかりやすいストーリー、一度聞いたら忘れられない言葉が要る。そして、それにぴったりのストーリー、ぴったりの言葉を、彼は見つけたのです。「エスニック・クレンジング（民族浄化）」。

ジム・ハーフは、「エスニック・クレンジング」という語を忍び込ませたニュースレターを、A4判一枚の「ボスニアファクス通信」に仕立てて、アメリカの有力メディア、上下両院議員、国務省官僚、国連各国代表部、関連NGOなどに送りつづけます。

以下は、ジム・ハーフの台詞（せりふ）です。

——〝民族浄化〟というこの一つの言葉で、人々はボスニア・ヘルツェゴビナで何が起きていたかを理解することができるのです。「セルビア人がどこどこの村にやってきて、銃を突きつけ、三十分以内に家を出て行けとモスレム人に命令し、彼らをトラックに乗せて……」と延々説明するかわりに、一言〝ethnic cleansing（民族浄化）〟と言えば全部伝わるんですよ。……

モスレム人とは、ムスリム人です。

こうして、ひとつの言葉がマスコミを動かしはじめる。ひとつの言葉が、あるはずのないものまであるように見せはじめてしまう。

やがて、噂が立ちます。ボスニア・ヘルツェゴヴィナのセルビア人地区に、ムスリム人を抹殺するための強制収容所がある。つまり、第二のアウシュビッツ強制収容所がある。

イギリスのテレビニュース制作会社、ＩＴＮの取材クルーが、第二のアウシュビッツの噂があるオマルスカ収容所へむかいます。カラジッチから取材許可を得て。


――そこで取材陣が見たものは、「捕虜収容所」の概念にあてはまるものでしかなく、アウシュビッツに匹敵するものではなかった。取材が許可されるくらいだから、すでに「強制収容所」に該当するような行為の証拠はどこかに隠されてしまったのかもしれない。

そのときのクルーが本社からどのような指示を受けていたか、クルーを率いていた女性記者、ペニー・マーシャルは『ザ・タイムス』紙の日曜版に正直に述べている。

「私たちは、本社から、収容所の取材をしネタをみつけるまでは、他の記事はいっさい送る必要はない、と命令されていました」

取材クルーは、次にトルノポリエというオマルスカの近くにあるもう一つの収容所を取材した。そこも、衛生状態は相当に悪く、拷問や殴打が行われているという証言もあったが、「強制収容所」とまで言える場所ではなかった。ただ、真夏の暑い時期で、野外では上半身裸で過ごしている人も多かった。その中にはひどくやせている男性もおり、あばら骨が浮き出ていた。マーシャル記者と同行していたカメラマン、ジェレミー・アービンは、一人のやせた若い男にフォーカスをあわせ、撮影した。アービンとその男の間には、有刺鉄線が張られていた。（略）別のドイツ人ジャーナリストによる戦後の調査では、この有刺鉄線は囚人たちを閉じ込めるためのものではなく、紛争前からその場所にたまたまあったものだが、結果的に映像の構図はやせさらばえた男が有刺鉄線の向こうにいる、というものになった。この構図が、きわめて重要な意味を持った。（略）有刺鉄線越しの、やせ細った男の映像、それはまさに人々が心の中に持っている「強制収容所」のイメージそのものだった。

この映像は、すぐにイギリスに伝送され、八月六日の夜、ＩＴＮのニュースで放送された。ハーフはこの映像について、いち早く翌日の「ボスニアファクス通信」で報じている。そして、アメリカ中の放送局や新聞、雑誌社がこの「やせた男」の映像を争うように購入し、自らのメディアで流した。繰り返し流される衝撃の映像に、アメリカ世論は沸騰した。

『ニューヨーク・タイムズ』紙は「セルビア人を甘やかしてはならない」という社説を掲載し、「何千人もの人々が強制収容所に捕らえられている」と論じた。

議会でも、有力議員たちが次々に「強制収容所」という単語を使い、ナチスになぞらえてセルビアを非難した。

そして、ブッシュ大統領が、

「セルビア人たちに捕らえられた囚人の映像は、この問題に有効な対処が必要なことを示す明らかな証拠だ。世界は二度とナチスの〝強制収容所〟という神をも恐れぬ蛮行を許してはならない」

とホワイトハウスの記者会見で話したことで完全に流れが決まってしまった。……

一方、ニック・ホートンの本は、これもやはり、怒りにふるえる内容でした。ニック・ホートンはBBCの元特派員ですが、彼はカラジッチの娘ソーニャと、カラジッチの妻リリアナのこんな証言を伝えてくれています。原文を和訳すると、

──父（カラジッチ）はわたしたち（カラジッチの娘と妻）を執務室へ呼び入れた。一九九六年七月十八日晩のことだったと記憶する。父はいった。とうとう取引に応じることにしたよ。ハーグで自分が裁かれる心配はない、と。ソーニャの母は断言する。取引はあった。夫の好む表現を使えば、一種の紳士協定が、と。……

取引の相手は、アメリカ合衆国クリントン大統領の使者、リチャード・ホルブルック。取引の内容は、カラジッチがセルビア人共和国大統領を辞任するならば、それと引き替えに、ハーグの国際戦犯法廷はカラジッチを告訴しない、というもの。

もしこれが偽証でなければ、アメリカがカラジッチ一家を騙したことになります。茶番劇。こんな茶番劇でハーグの国際戦犯法廷にかけられ、拘置所暮らしを強いられたとしたら、たまったものではないでしょう。怒りで身が焦げ、気が狂ってしまう。

気が狂ってしまう状況で正気を保つためには、どうしたらいいか。

目を現実の地べたから切り離して、高いところへ持ちあげ、すべてを俯瞰する。神のごとき高い視点を持つことで、現実の地べたに密着する敵を睥睨（へいげい）し、侮蔑する。

三島さんなら、それを「アイロニー」irony と呼ぶでしょう。入隊検査までの期間、入隊検査から終戦までの期間、そして、終戦から自決にいたるまでの期間、彼がずっと依拠しつづけた精神態度が、「アイロニー」でした。彼の文芸作品は「アイロニーの文芸」と呼ぶことさえできます。この「アイロニー」こそ三島さんとカラジッチをつなぎあわせる鍵である、とわたしは見当をつけてこちらへやって来たのですが、「アイロニー」を強いる現実には数知れずぶちあたるのに、カラジッチがどのように「アイロニー」を保持したか、それをうかがう声にはまだ出遭えていません。

7

鷲見恭一朗の報告ファイル・第二信

日本社会の底に、恨みの感情が静かに降り積もりつつある、と感じるのはぼくだけだろうか。おととい、地下鉄の隣りの席に坐ったおばさんが、ちくしょう、ちくしょう、と拳で膝を叩きながらつぶやきつづけるのを聞いた。きのう、山手線のむかいの席に坐ったエリートサラリーマンふうのおじさんが、猛烈な速さでキーを打っていたパソコンを突然ぱたんと閉じて、無能だ、無能だ、と吐き棄てて立ちあがった。きょう、就活のあとスタバに入ったら、こぎれいなOLがカウンターで、資格試験の参考書をボールペンの先で突つきつづけていた。

帰れ！　帰れ！　帰れ！

磁石に吸い寄せられるように、大久保通りへ足がむかう。怒声のかけあいの地響きに、身の芯がうずくような猥褻さを感じたくて。

大久保通りにかようと、ナチスやヒトラーを他人事のように非難することができなくなる。ナチスへ雪崩れ込んでいくドイツ国民の集団心理が、あのうずくような猥褻さのなかに潜んでいる、と勘づくからだ。

大久保通りから自宅へ帰ると、パソコンでヒトラーの演説映像をとりだして眺める。一九三〇年代半ばの演説会を見ると、聴衆はずいぶんへらへらごそごそしている。まだ海のものとも山のものともわからないチンピラ政治家を、さあ、どの程度のタマか値踏みしてやろう、という好奇心半分の本音が透けて見える。だが、拍手喝采の量は、演説の進行とともにみるみる増えていく。

ヒトラーは、オペラ歌手から発声とジェスチャーの指導を受けていたという。演説内容を翻訳ソフトにかけて読むと、実に内容空疎で笑ってしまう。字面では何も心動かされない。やはり、その場で見て、その声で聴くから、やられてしまうのだろう。

たぶん、インテリたちは蔑んで、ヒトラーの演説を傍観していたにちがいない。大袈裟だ、芝居じみている、コケ威(おど)かしだ、煽りすぎだ、理屈が幼稚だ、無教養だ……。頭では馬鹿げているとわかっても、しかし、身体は、その幼稚で芝居じみた演説と拍手喝采から、抗しがたい快感を引き出したはずだ。頭でなく身体が、少しずつ快感の方向へ人を引きずっていったはずだ。

ぼくの両親は、ナショナリズムを愚連隊の情熱、と蔑む。

そのくせ、中国や韓国の反日デモが日本車をひっくり返したり、日系店舗を焼き討ちしたり、「日の丸」を踏みにじったりするニュースを見ると、あからさまに不機嫌になって、やられっぱなしの日本政府の無能を嘆いたりする。

そういう両親の矛盾した姿を見ていると、世界市民気取りのインテリの不正直さより、身体感覚に忠実な非インテリの正直さに、心が寄ってしまう。

反日デモに対して、どうして断固たる非難を日本政府は発することができないのか、と中三のとき、社会科の教師に尋ねたことがある。

教師は小声で、

「むこうは戦勝国で、こちらは敗戦国だから」

と答えた。戦争は終わったけれど、戦後体制は終わっていない、戦争の勝敗が国家の序列を決める、序列の変更はさらなる戦争によってのみ可能なのだ、と。

「だったら、戦争をやりなおして、勝てばいい」

ぼくがそういうと、教師は笑って、しーッ、と人差し指を唇にあてた。

帰れ！　帰れ！　帰れ！

怒号する「黒山」とともに反対側の歩道をすすんでいくと、「黒山」の隙間に割り込もうとしている、白髪のおじいさんがいることに気づいた。

最初は、カウンターネトウヨの斬り込み隊長か、と思ったが、そうではなかった。おじいさんが割り込むのは、ネトウヨを攻撃するためでなく、ネトウヨに小冊子を手渡すためだった。この炎天下に律儀にも背広姿でネクタイをつるし、背広の背は汗で真っ黒な染みになっている。小冊子を渡すおじいさんの態度は不気味なほど、誠心誠意に見えた。

信号でギャラリーの行く手が阻まれたとき、ぼくは警官の制止を無視して道路を横切り、「黒山」側の歩道へ移り、おじいさんに近寄った。何をそんなに熱心に手渡しているのか、この目で確かめたくなったのだ。

「一部、ぼくにも、いただけませんか」

背後から声をかけると、おじいさんはぴくりとして、ふりかえった。鼈甲縁の眼鏡の奥で不審の目が光る。公安か、と疑う目つき。むこうは背広とネクタイ、こちらもリクルート用の背広とネクタイ。素人でなければ、鼻でわかるはずだ。ぼくが公安でないということぐらい。

おじいさんはすぐに不審を解いて、柔和な笑みを浮かべてくれた。

「どうぞ、よろしければ」

そういって、快く一部を分けてくれた。

「ありがとうございます」

お辞儀して、ぼくは「黒山」から離れ、沿道のマンションの植え込みに腰をおろして、冊子をゆっくり眺めた。それはコミケに出されるような簡易なものでなく、高級和紙に活版印刷して糸でかがったものだった。活版活字の圧し痕がやわらかな和紙をへこませている。そのへこみを指の腹でそっと撫でると、気持ちいい。

表紙には文字がなく、内扉に「御製集」とのみ記されていた。本文は一ページに五首ずつ、美しい明朝活字で和歌が組まれている。補注も、解説文もない。

冊子のなかごろ、一ページに一首のみをあてるページがあった。

四方の海　みなはらからと　思ふ世に　など波風の　立ちさわぐらむ

「はらから」が「同胞」を意味する古語であることは、ぼくでもわかる。みながみな互いに家族だと思いあう世ならば、どうして波風など立ちさわぐだろうか……。

異様なほど平明で、技巧がない。古今和歌集や新古今和歌集の技巧づくしとはあまりに対蹠的だ。こういうものを歴代天皇は詠んできたのか。

それにしても、なぜ、あの人はネトウヨに「御製集」を手渡そうとしたのだろう。

ひょっとして、と心がざわめいた。史観鑑定士がいっていた、一人一喝のテロとは、このことではないか。

冊子の奥付をひらくと、「発行者・田鶴信也、発行所・歌詠み講社『昭和鏡』」とある。

これだ。まちがいない。しかし、「歌詠み講社」とは何か。「講社」といえば「富士講」が思い浮かぶ。「講」とは信仰を同じくする自由な結社のことだから、歌詠みの同好会みたいなものか。一種のカモフラージュ？　警察の目を欺くためのもの。いや、カモフラージュなら、こんな冊子を公然とばらまいたりしないだろう。

発行所の所在地は、新宿区高田馬場七丁目九番地、電話番号も記してある。番号は固定でなく、携帯の番号だ。ダイヤルすると、すぐにつながった。

はい、と答える声は、さっきのおじいさんにちがいない。

「さきほど、冊子をいただいた者です。あの、ちょっと、お話を、うかがいたいんです。公安ではありません。ネトウヨでもありません。カウンターネトウヨでもありません。S学院大学人文社会科学部日本語文化歴史コミュニケーション学科日本文学コース四年、鷲見恭一朗と申します」

訊かれもしないのに、公安ではない、と先まわりしていったのはまずかった、とあとで気づいた。クレタ人は嘘つきだ、とクレタ人が言明するようなものだからだ。スパイでない、といいつのるほど、スパイの容疑は高まる。

望み薄か、とは思ったが、意外にもやさしい声が返ってきた。

「よかったら、うちへ、めしでも食いに来ませんか」

あのおじいさんが、冊子の発行者、田鶴さんだった。

迎えに行こう、とまであの人はいってくれたが、遠慮した。借りをつくりたくないからだ。

ぼくはスマホのナヴィを見ながら、大久保通りから北へ北へと歩き、神田川にさしかかる角を右へ折れ、ビルが建て込む川沿いの道をすすんだ。ナヴィが目的地として表示したのは、高田馬場の飲み屋街の一郭にある雑居ビルだった。かなりの築年数らしく、クリーム色の壁面が薄汚れている。エレベーターホールのテナント表示板を見ると、一階と二階が「よし乃」という居酒屋で、三階から七階までカタカナだらけの長たらしい名の会社が入り、最上階の八階に「歌詠み講社・昭和鏡」があった。

ぼろいビルだが、五百平米はありそうなワンフロアすべてを独占できるのだから、ただの歌詠み団体とは思えない。最上階はオウナーが住むことが多いから、「昭和鏡」がビルのオウナーかもしれない。企業の総務部からカネをゆすりとるハイエナ右翼でもなければ、ビルなど持てるはずがない。しかし、ハイエナ右翼という獰猛な語と、あのおじいさんの印象とが、どうにも結びつかない。

エレベーターで八階まであがると、正面に防火扉のように無愛想な灰色の鉄扉があった。脇に「昭和鏡」と墨書された表札がかかっている。

ベルを鳴らすと、どちらさんですか、と訊かれるまえに扉があき、顔が覗いた。鼈甲縁メガネの奥の目が柔和だ。

「道に迷いませんでしたか。まあ、よく来てくれましたね。どうぞ、どうぞ」

とりあえず、歓迎はされているらしい。ほっとして、なかへあがると、学校の職員室ふうの一室がある。机をならべたうえにインクまみれの輪転機やバインダーの束が雑然と積まれている。パソコンはない。人の気配もない。エアコンはかなり旧型のオフィス用で、大きな音をたてて冷風を吹き出していた。

積まれたバインダーの背文字に、さっと目を走らせると、

陸軍参謀本部関係者聴きとり資料
海軍軍令部関係者聴きとり資料
内務省関係者聴きとり資料
宮内省関係者聴きとり資料

外務省関係者聴きとり資料
新聞報道関係者聴きとり資料
満洲国関係者聴きとり資料
獄中転向者聴きとり資料
南洋庁関係者聴きとり資料
沖縄戦関係者聴きとり資料
…………

戦史の聴きとり調査を各方面からしているらしい。ハイエナ右翼とも、和歌の同好会とも、印象が異なる。

「ショウワ・キョウとは、何だか不思議な名ですけれど」

尋ねるともなくぼくがつぶやくと、彼は眼鏡の奥の目を細めて微笑んだ。

「わたくしどもが愛惜してやまないのは、昭和という御世です。昭和の御世は、ジェットコースターの歴史でした。前半は打つ手打つ手ことごとく凶と出て、亡国し、三百万人が命を失い、海外領土を失い、主要都市が焼け野原になり、国庫は底を突きました。なのに、七年間の占領期間を経て、戦後は打つ手打つ手ことごとくが吉と出て、わずか四半世紀でアメリカに次ぐ経済大国にのしあがりました。奇跡です。何より誇るべきは、国民の九割以上が中流だと感じられる社会を昭和がつくりあげたことです。この昭和への愛惜を共有し、歌を詠み、同時に昭和の戦争を学び伝えていくのが、わたくしどもの仕事です」

うーん、イデオロギーの臭いがしない。右翼の臭いもしない。

「ネトウヨに御製を配っていたということは、天皇を、やはり、崇拝しておられるんですか」

自分で尋ねながら、まるで公安の探りのようだ、と胸がちくりと痛む。

「天皇は、大切な御方です。しかし、昭和という時代は、天皇おひとりの作品ではなく、国民すべての合作です。昭和にはすばらしいこともあったが、愚かしいこともありました。美しい面もあったが、醜い面もあった。だから、崇拝という一面的な言葉は、わたくしどもには当たらない。愛惜、ないし、追慕、といったところがふさわしいでしょう」

愛惜、ないし、追慕、いずれの言葉もやわらかすぎて、するりと指のあいだを抜け落ちてしまう。イデオロギーは、もっとごつごつして嚙みくだけない語彙を好むはずだ。

「戦争のこと、ずいぶん調べておられるんですね」

「三十年間、独自に聴きとりをすすめてきました。その資料が、わたくしどもの財産です。なぜ、日本は戦争をはじめなければならなかったのか。なぜ、大陸と太平洋と二正面を相手とする愚かな戦争を選択したのか。なぜ、中国国民党を自ら敵にまわす失態を演じたのか。なぜ、戦争を早期に終わらせることができなかったのか。なぜ、アメリカの占領統治が大成功したのか。なぜ、天皇は戦犯指名から除外されたのか。大本営参謀たちは何をし、何をしなかったのか。真の敗戦責任はどこにあるのか……。関係者が生きているうちに聴いておかないと、とりかえしのつかないことになります。日本人はいまだに戦争の教訓を、国民共有の財産にしておりませんのでね」

立ち話が長くなったことに気づいて、田鶴さんは、

「ま、坐って、お茶でも」

事務室の奥の八畳間へぼくを招き入れた。

床の間には白木の神棚が祀られ、榊が左右の壺に生けてある。窓にはよしずが立てかけられ、よしずの隙間から日を浴びるヴェランダが覗いた。

切子細工のグラスに麦茶を注いで、田鶴さんが盆にのせて運んできた。麦茶は冷えて、うまかった。

ぼくはここの正体をいちはやくつかみたくて、無謀な尋ね方をした。

「ショウワ・キョウは、右翼ではないのですか」

田鶴さんはにこやかな表情を崩さず、しかし、妙なことをいう。

「わたくしどもは、もともと、右翼団体でした」

もともと、ということは、今はそうではない、ということか。田鶴さんはつづけて、

「昭和七年創立の『国民文化闡明会(せんめいかい)』が、わたくしどもの前身です。創立趣旨は、仏教、儒教、国学、ドイツ哲学、イギリス心霊学、フランス社会主義思想を総合させて、天皇を中心とする新たな民族主義思想を創りあげることでした。当時の日本は、世界観の乱立時代で、新興宗教が雨後の筍(たけのこ)のように生まれていました。何を信じていいのか、国民が困り果てていたからです。世界観が多様化多元化すればするほど、世界観の統合が必要になる。そこでわたくしどもは、現代日

本にふさわしいかたちでの世界観の統合を企てたわけです。ちょうど七世紀初頭に聖徳太子が、儒教、仏教、道教、法家の諸思想を摂取して、日本にふさわしい世界観の統合を企てたように、ですね」

「国から補助がついたんですか」

「いいえ、純然たる民間団体です。満鉄や財界からの資金援助は多少ありましたが、政府からはビタ一文もらっていない。政府にとっては、厄介な団体だったと思います。その証拠に、政府から解散命令まで食らってしまった。支那事変のあと、満洲および朝鮮統治のあり方をめぐって、内閣に公開質問状を出したのが、気に食わなかったんですな」

はて、とぼくは首をかしげた。左翼は本質的に反体制だから国家と衝突するのはあたりまえだが、右翼は本質的に体制寄りだから、国家と衝突するはずがないのではないか。

「公開質問状といいますと?」

「先輩たちは、こう批判したんです。政府は二言目には『五族協和』というが、現実に日本人がむこうでやっているのは、漢人、満人、朝鮮人、蒙古人を奴隷化することではないか。日本人の態度は許しがたく横柄であり、夜郎自大である。欧米の『覇道』に対して、東亜の『王道』をめざす国が、自ら卑しき『覇道』に陥るのは自家撞着ではないか……。どう、胸がスカッとするでしょう。政府は怒りました。そして、わたくしどもは解散させられ、会員の多くが懲罰召集によって最前線へ送られました」

田鶴さんの視線がぼくからずれた。ずれた先には、白木の神棚があった。神棚の中央には、

「戦没会員之霊位」と記された札が納められていた。最前線は死亡率が高いから、懲罰召集された会員たちの多くは戦死したのだろう。

「敗戦後、会員の生き残りが、会の再興をはかりました。そして、時流に乗ります。一九五〇年代、六〇年代の日本は左翼全盛ですが、であるからこそ、対抗勢力としての右翼に一定の社会的需要がありました。何もしなくても、人やカネがしぜんにあつまってくる、そういう状況がつづきます。六〇年代の組織系統図を見ると、いやはや、凄いもんですわ。中央執行委員会、書記局、情宣局、厚生局、ジャーナリスト評議会、大学教員組合、学生新聞編集部……」

「書記局なんて、共産党みたいですね」

茶々を入れると、田鶴さんは大笑いした。今どき、書記局という名に反応する大学生がいるとは思わなかったのだろう。ぼくだって、あの父を持たなければ、こうはならなかった。

「ご明察。組織構成のモデルは、共産党でした。つまり、わたくしどもは敵に学んで、自己形成したわけです。したがって、敵が衰弱するとともに、わたくしどもも衰弱していった。人とカネの流入が途絶えるようになると、肥大化した組織を維持することで手一杯になる。組織が組織の目的を忘れ、組織を維持することを自己目的とする。ありふれたゆくたてです。そうこうして、資金の配分をめぐって内部抗争が起こり、いくつかのグループが分派独立し、中傷の怪文書が出まわり、陰謀と内ゲバがつづき、どうにもこうにもならなくなりました。そして、危機感を抱いた者たちが指導権を握り、諸悪の根源たるカネヅルをきれいに断ったのです。すると、組織はみるみる萎んで、ご覧のとおり、公安も相手にしない、総員五名の歌詠み講社になったというわけです」

あっけらかんとしたものいいに、こちらもあっけらかんとして、もう少しで大切なことを聞き逃すところだった。

「総員五名、今、そうおっしゃいました？」

「ええ、カネの切れ目が縁の切れ目、とはよくいったものです」

「でも、五名では、デモもできないでしょう。あるいは、ネットを駆使しているんですか」

五名でデモはできないが、ネットを使えば五名でも社会を動かすことはできる。が、見たところ、事務室にパソコンは一台もなかった。

「デモはしません。ネットは使いますが、ネットで組織宣伝はしません。わたくしどもは、ただ歌を詠む、御製を味わう、御製を伝える、歴史を偲ぶ、それだけのあつまりです」

「それだけ、ですか」

「それだけ、です」

「それだけで、いいわけ、ないじゃないですか」

おまえたちは何を隠している？　さっさと正体を見せろ。ムキになって問いつめるほど、ぼくは公安そっくりになっていく。田鶴さんは眉を八の字にゆがめて、苦笑いした。

「わかっていただけませんかね。それだけ、でいいんです。それだけ、がいいんですよ。歌を詠むことのなかに、すべてある。それが、わたくしどもの辿りついた確信です。ここで週に一回、歌会をひらく。どんなに忙しくても、会員は駆けつける。これが会員の第一の義務。第二の義務は、戦争の歴史の聴きとり調査をすすめること。第三の義務は、古事記を学ぶこと。古事記最大の謎は、出雲と大和との関係、クニツカミとアマツカミとの関係です。アマツカミのアマテラスの子孫たちは、クニツカミのオオクニヌシに国ゆずりをさせる。そして、国ゆずりの見返りに、大和にもない巨大神殿を出雲につくり、オオクニヌシを祀りあげ、さらに大和一ノ宮の三輪山（みわやま）にオオモノヌシを祀った。オオモノヌシとはオオクニヌシの異名とされます。いいですか、大和王権は服属民の神を勝者以上に手厚く祀り、敵を守り神にした。どんな社会でも、社会であるかぎり、勝者と敗者とに分かれる。敗者には怨念が溜まる。しかし、日本の社会は、敗者の怨念を祀りあげて、守護霊に変えるという智恵を編みだし……」

古代史は、とりあえず今のぼくにはどうでもいい。重要なのは、別のことだ。

「街宣車を走らせたり、しないんですか」

話の腰を折って質すと、さすがの田鶴さんも辟易（へきえき）を露わにした。

「街宣車を走らせる？　そんなことするものですか。そんなことをしたら、ただの右翼に落ちぶれてしまう」

耳を疑った。ただの右翼に落ちぶれる？　ということは、現状は、ただの右翼でないし、ただの右翼よりましな存在だ、といいたいのか。

「ものわかりが、いいんですね」

ぼそりとつぶやくと、田鶴さんは深い諦念から発したような声でこういった。

「ものわかりが、よすぎたんでしょう。よけいなものを削（そ）ぎ落とし、大切なものだけ残そうとしたら、総員五名の歌詠み講社になってしまっていた」

「下で、夕食の支度をしてくるので、しばらく待っていただけますか」

田鶴さんは靴に足を突っ込みながら、「下ノ畑ニ居リマス」という調子でいった。「下ノ畑」とはビルの一、二階を占める居酒屋「よし乃」で、その経営者が「昭和鏡」の会員であることから、店の食材や調理道具を自由に使わせてもらっているらしい。

「代金は、払います」

とぼくが遠慮すると、

「学生のくせに、よけいな気まわしはせんでいい。店の者につくらせるわけじゃない。わしが店員のまかないといっしょに、自分たちの分もつくるだけのことです。それはそうと、ここで待っているあいだ、退屈でしょう。書棚にあるものは何でも見てかまわんですから」

田鶴さんはこうして「下ノ畑」へ降り、ぼくは八畳の座敷にひとり取り残されることになった。


座敷の壁の二面は、書棚で埋められていた。

本の背文字に目を走らせると、日本人の起源をめぐる考古学や歴史学の本、宗教学や文化人類学の本などが多くならぶ。本居宣長や賀茂真淵の全集もあるし、フレーザーやマリノフスキー、マルクスやシュンペイターの大部の本もある。

いつも、膨大な本をまえにすると途方に暮れる。世の中には本が多すぎる。自分の知らないことが多すぎる。しかし、本は好きだ。あらゆるジャンルの本を濫読する。学科内で、ぼく以上に本を読んでいるのはアカネぐらいだろう。しかし、あいつは勉強の役に立つ本しか読まない。世界が決定的に狭い。

できれば一生、働かずに本を読む暮らしをしたいと思う。が、儚い期待か。就職したら、疲れて、本を読む気力も失ってしまうだろう。

ふうッ、と溜息をつきながら書棚を眺めると、上段の隅に一本のカセットテープがある。ラベルにはマジックで、「ミシマ・一九七〇・一一・二五」と走り書きされている。

テープを手にとって、プラスチックのケースを指で撫でると、指の腹に白い埃がついた。何年ものあいだ、手にとられることがなかったのだろう。白い埃を見つめていると、勃然と情欲に似た好奇心が起こった。死をまえにした人は、どんな声で語るのだろう。舌がもつれることはないか。声がかすれたり、うわずったりしないか。

テープがあっても、プレイヤーがなくては仕方ない。憑かれたように事務室の机のうえを家探しして見つけ、座敷へ持ち込み、コンセントへプラグを差し込んだ。電源ランプが灯る。テープを差し込む。再生ボタンの「再生」の二文字が、やけに艶めいて見える。

ボタンを押すと、大音量の騒音が飛び出した。急いで音を抑える。騒音は、群衆のヤジだ。男たちの怒鳴り声や笑い声、ヘリの音も混じる。東京市ヶ谷の自衛隊駐屯地東部方面総監部、正面玄関バルコニー、その上に立つ三島の姿が目に浮かぶ。バルコニーの下に制服制帽の自衛隊員があつまる。整列はせず、ばらばら。三島はこれから最期の演説をはじめようとしている。いや、もう、はじまっているのかもしれない。でも、声が聴きとれない。

騒然としているが、殺気立つわけではない。どことなく騒音が間延びしている。この時点では、三島が直後に自決するとは、だれひとり想像しなかったせいだろう。ヤジは、えげつない。

引きずり降ろせ……ガハハッ……

降りろ……ダハハッ……

なんであんなもののさばらせておくんだ……グハハッ……

てめえ、それでも男か……ダハハッ……

馬鹿野郎……ガハハッ……

降ろせ、こんなもの……アハハッ……

あと十年長生きすればノーベル賞を受けたはずの世界的名士にむかって、あらんかぎりの悪口雑言と嘲笑が浴びせかけられる。でも、犯罪をおかしているのだから、仕方ない。犯罪者は犯罪者だ。わかっている。が、これほど容赦ない罵りを聞くと、むかつく。彼はただのコソ泥ではない。痴漢や空き巣ではない。思想犯だ。思想犯を扱う公安警察は、コソ泥を扱う一般警察より格が高い、と父に教えられた。

耳をそばだてても、その人の声は聴こえない。このまま聴こえずに終わってしまうのか。苛立ちだしたとき、ヤジの奥から嗄(しゃが)れた男の声がかすかに耳にとどいた。録音機の集音効果のおかげか、嗄れ声が徐々にくっきり絞られていく。
三島の声だ、と気づいた瞬間、違和感が全身に走った。ちがう。この声ではない。家族も名声も余生も棄てて国家に楯突く男の声は、この声でなく、もっと野太く、切迫して、雄々しいものでなければならない。力がない。底が抜けている。声はヤジと同質の、日常の泥にまみれきった、弱々しい声だ。ガキになめられて手を焼く、あわれなイクメンパパの声だ。

自衛隊にとって建軍の本義とは、何だ……
日本を守ることだろ……
日本を守るとは、何だ……
天皇を中心とする歴史と文化の伝統を守ることだ……
おまえら、聞けッ……
静粛に聞けッ……
男一匹が、生命(いのち)を賭けて、諸君に訴えているんだぞッ……
いいか……
いいか……
いま、日本人がだ、ここでもって立ち上がらなければ……
自衛隊が立ち上がらなければだ……

憲法改正の機会というものはないんだよ……
諸君は、永久にだね、アメリカの軍隊になってしまうんだぞッ……

ここでまた、ヤジが声を掻き消す。ヘリの音がヤジにかぶさり、鼓膜をふるわせる。
今、気づいた。三島はマイクを持っていない。
無茶だ、マイクなしなんて。準備しそこねたのか。
まさか、あいつにかぎって、それはありえない。

諸君は武士だろう……
諸君は武士だろう……
武士ならばだ……
自分を否定する憲法を……
どうして守るんだ……
どうして自分を否定する憲法をだね……
自分らを否定する憲法というものに……
ペコペコするんだ……
それがあるかぎり……
諸君というものはだね……

永久に救われんのだぞ……


ヤジにむかって、武士と呼びかける男。

武士の世が終わって百年経った日本で、武士と呼びかける男。

武士など、もういない。いない何かにむかって、あいつは呼びかける。こちらとむこう、あいだに橋懸かりがない。男は何もナイところを見つめて、ほら、そこにアルだろ、アルじゃないか、と眼を血走らせて叫ぶ。ヤジは、ナイものはナイ、おまえがアルと叫ぶものはどこにもナイ、と嘲りつづける。


武というものはだ……

刀というものは何だ……

それでも男かッ……

それでも武士かッ……

それでも武士かッ……

これで、諸君は、憲法改正のために立ち上がらないということの……

見きわめがついた……

これで……

俺の自衛隊に対する夢はなくなったんだ……

それでは、ここで、俺は……

天皇陛下万歳を叫ぶ……


ぷつん、と録音が切れた。

天皇陛下万歳を叫ぶ、という声はあるが、天皇陛下万歳の叫びはテープに収められていなかった。このあと、声の主はバルコニーから総監室にもどり、腹に刀を立て、腹心の森田に首を落とさせた。

俺の自衛隊に対する夢はなくなったんだ……という叫びが心なし、棒読みふうに響いたのが気になる。それは自衛官に対してでなく、自分自身に対してでもなく、この舞台の観客すべてにむけて発せられた台詞のように聞こえた。夢は消えた、だから、やむをえず、俺は死ぬしかない。この「やむをえず」を加えないと、死の必然性が消えてしまう。必然性が消えたら、死は個人の趣味道楽に堕してしまう。

死をまえにした男の声は、想像したものとあまりにちがう。その落差が、見かけの強がりとその裏腹の弱くて脆くてどうしようもない内面との落差として、生々しく心に迫った。耳鳴りがした。胸苦しい。目を閉じないと、心がばらばらになりそうだ。

夏の一日が暮れかけていた。

力こぶの入った入道雲を夕陽が橙色に染めていく。ビルの屋上広告が次々とライトアップされて、けばけばしい絵柄を浮かびあがらせる。ビール、焼酎、カップ麵、消費者金融、生命保険、自動車、中古車販売、海外旅行の広告、広告、広告……、世の中は広告に充ちみちている。商品に充ちみちている。世の中は商品とカネとのやりとりでまわっていく。商品とカネとのやりとり以上に大切なものがあると訴えた三島の死は、このやりとりに何の影響も与えなかった。

高田馬場の雑居ビル八階、座敷の卓のうえに次々と料理がならべられていく。かつおのたたき、サザエの壺焼、えび春巻、ゴーヤーのチャンプルー、ダシ巻卵、冷奴、シジミの吸物、そして、真っ青なスダチの山……。

器もさまざまで、奔放な織部もあれば、きらびやかな九谷も、肌理（きめ）のやさしい志野や萩もある。猪口は古伊万里だろう。母が陶磁器マニアなので、最低限の見分けはつく。まがいものでなく、骨董級の器ばかりだということもわかる。盛りつけも念入りで、素人の手になるとはとても思えない。

「田鶴さんは、板前さんだったんですか」

と尋ねると、

「とんでもない。見よう見真似の、素人料理です」

人のよさ丸出しの照れ笑いをする。

父は男が料理をすることを軽蔑する人だったし、まわりに料理好きの年輩男性がいなかったので、田鶴さんが楽しげに包丁をふるうことに驚かされた。しかも、右翼である。いや、元右翼か。左翼の父が厨房に立つことを恥じ、元右翼の田鶴さんがすすんで厨房に立つ。どこかおかしくないか。

「男子厨房に入るべからず、というのは、日本の伝統ではないんですか」

田鶴さんの答えが、ふるっていた。

「それは武家の儒教道徳です。その程度のものを日本の伝統と呼ぶのは、いかがなものでしょう」


田鶴さんが銚子をとりあげ、酒をすすめてくる。ぼくは恐縮して杯で受けた。口をつけると、酒は水のようにさらりとして、癖や濁りがない。いつか峰岸先生と呑んだ、ヨードチンキみたいなスコッチとは全然ちがう。咽喉をすぎたあとで、かすかに梅の芳香がひろがった。うまい。酒はこうでなくちゃいけない。

「どちらの酒ですか」

尋ねると、田鶴さんが自慢げに教えてくれた。

「新潟の酒です。ある筋から、陛下のお気に入りという話を聞きつけて、とり寄せました」

そう聞くと、皇室ファンでもないのに酒の味が一段深まるように感じられるのが悔しい。この酒が天皇の咽喉をうるおす、と思えば、抽象的な存在が急に生身の人間として迫りだす。天皇は人間だ。人間にはちがいないが、天皇という言葉が、天皇から天皇の生身を毟(むし)り取る。

かつおは肉厚で脂がのり、ゴーヤーは苦味がほどよく抑え込まれて爽やかだ。田鶴さんが、スダチご飯の食べ方を指南してくれた。

「スダチをね、ご飯のうえでしぼって、そのあとへ山葵(わさび)と海苔をかける。さらに醤油を少したらして、一気に掻き込む。郷里の徳島では、みなこうするんです。まあ、試してごらん」

教えられたとおり、スダチをご飯のうえでしぼり、山葵と海苔をかけ、醤油をたらし、一箸口へ運ぶ。すると鼻から眼の奥にかけて、柑橘の刺激が一直線に貫く。感覚の芯が揺さぶられるようだ。

「う、あッ、い、いけますね」

口に掌をあてながらぼくがそれだけいうと、彼は愉快そうに笑った。

「さすがの陛下も、この庶民の味は、ご存知あるまい。ほら、どんどん、やって」

客に対する配慮なのか、それとも生まれつきの性分なのか、田鶴さんはあくまで受け身で、こちらが言葉をむければ気持ちよく応じてくれるが、むこうから積極的に言葉をかけてくれるというわけではなかった。

ぼくが食べるのに夢中になると、食卓はしんとしてしまう。

何か喋らなくてはと焦って、思いついたのがあのことだった。

「さっき、書棚にあったテープを聞かせていただきました。三島の演説のテープです。いえ、その、書棚にあるものは何でも自由に見ていい、とおっしゃったので」

相手はてきめんに反応して、箸を止め、ぼくを見つめた。おまえは三島に興味があったのか、早くそれを教えろ、といいたげだ。

自分で切り出しておきながら、どう感想を述べればいいか、いざとなると言葉に詰まる。想像の声と現実の声との落差については思いが複雑で、話すのが面倒だ。政治的な立場のちがいがあるので、ぼくが感じたことをストレートに伝えようとすれば、相手の心を傷つける心配もある。あたりさわりのないところで、しかも、嘘にならない言葉を見つけたい。

「すれちがいが、無惨でした」

それしか、思いつかなかった。三島の側に立つにせよ、自衛隊の側に立つにせよ、これなら互いを傷つけずにすむし、自分の感情も盛り込める。最初から最後まであれが無惨なすれちがいであったことは、だれも否定できまい。

正直いえば、無惨なすれちがいに終わって、よかったと思う。これが正しい終わり方だったとも思う。万が一、自衛隊の一部が三島に同調する動きを見せたりしたら、どうなっていただろう。ヘタをすれば、自衛隊内部の撃ちあいになり、死傷者が出たかもしれない。社会に不満や恨みがもっと渦巻いていたら、同調者を出した可能性がある。恐ろしいことだ。が、そのことは口に出さなかった。いや、出せなかった。相手はきっと、同調者が出なかったことを無念に感じているのだろうから。

ところが、田鶴さんの次の言葉がぼくを唖然とさせた。

「ああいうの、私は、嫌いだな。見かけ倒しで、中身がからっぽで。死ぬなら、ひっそり死ねばいい。生きるなら、黙って汗をかけばいい」

「…………」

「三島さんは、いつまで経っても世界が壊れないから、自分を壊すことで世界を壊した。国を思う気持ちのまえに、自分を思う気持ちが先立った。だから、あの人の尽忠報国を私は認めない。三島さんの天皇は、造花の菊だ。造花は精巧だが、所詮、つくりものだ。もしあの世で三島さんに会ったら、こういうつもりです。私はあなたの文学は信じる。しかし、あなたの天皇は信じない」

背負い投げをくらわされたように、頭がくらくらした。

造花とは、ハリボテということだろう。ハリボテとは、偽物ということだろう。あなたの天皇は偽物だ、と断言するのは、政治行動者としての三島に対する全否定といってもいい。右なのか、左なのか、この人の正体がわからない。

率直に、尋ねた。

「政治は認めないが、文学は認める。三島の価値は文学のなかにのみある、ということですか」

「いや、自分が知りたいのは、あの人のなかにおける、文学と政治とのつながりなんです。別の表現をすれば、造花のからくりの解明です」

からくり、という一語に意表を衝かれた。それは、魅惑的な言葉だった。からくりにはイデオロギーはからまない。むしろ、イデオロギーを頭から疑ってかかる。右も左もない。それがいい。

「そのからくりを、ぼくも知りたいんです」

逸る心が、早まった言葉を吐かせた。

「なぜ？　なぜ、知りたい？」

いいかげんに追従するな、と声がぼくをなじっている。やすやすと共感などするな、おまえごときに何がわかる、と目が冷酷に拒んでいる。

なぜ知りたいかといわれても、知りたいから知りたいとしか答えようがない。が、そんな同語反復ではむこうはうなずいてくれないだろう。まともな理由を見つけないといけないが、偽の理由はすぐに見破られるにちがいない。しかし、本当の理由が自分でもわからない。

とにかく、何かいわなければいけない。相手を納得させる理由を発見しなければいけない。

「正直いうと、ぼくも三島のこと、嫌いなんです。でも、認めざるをえないんです、立派だっていうことは。やっていることといっていることが、まったくズレていないからです。知行合一だからです。思想をダシにして生きている種属にあっては、例外中の例外です。でも、『天皇』が邪魔なんです。『天皇』さえなければ、すぐにも飛び込んでいけるんです。ただし、その『天皇』がぼくの考える通常のそれとちがうものだとすれば、話はちがってきます……」

喋りながら、自分は奇妙な矛盾をおかしていることに気づいた。田鶴さんは、三島の天皇は造花だから信用できないという。しかし、ぼくは、三島の天皇が造花なら、もしかすると、三島を信用できるかもしれない、といっているのだ。こんな理由が、理由になるのだろうか。

相手の目が睨んでいた。職員室で校長先生のまえに立たされる悪ガキの気分だ。目と目を合わせるのは怖いので、相手の目でなく口もとあたりを見つめて、沈黙に耐えた。ふたりとも口をひらかず、箸も動かさない。瞬きもしない。食事の場が食事の場でなくなった。かつおのたたきが干からびていく。

「三島について考えることは、趣味でなく、自分なりに人生を懸けてやっていることです。飲み食いしながら、気楽に語れることではない。だから、別の機会にゆずりましょう。君の気持ちが本物なら、待てるはずです」

試された、と直感した。

さらに、田鶴さんは第二のハードルをぼくの目のまえに据えた。

「もし、本気なら、宿題があります。三島さんの最後の長編『豊饒の海』四部作を、きちんと読んできてください。読み終わったら、電話をください」

逆にいえば、読み終わらなければ、電話をかけるな、ということらしい。『豊饒の海』は長い。文庫本で千七百ページ。就活もあるし、卒論もある。バイトもある。俺はいつもこうして自分で自分の首を絞めていく。

しかし、ひるむ心は見せられない。

はい、と虚勢を張って答えた。

8

橘アカネの報告ファイル・第三信

真夏の昼下がり、ベオグラードの団地で、少年がひとり、バスケットボールのシュートを練習しています。トカトントン、トカトントン、ボールが地面に跳ねる音だけあたりに響きわたっています。

木陰から見あげると、棟と棟とのあいだの空を白い雲が悠々と流れていきます。蝉の声はしません。猫や犬も見かけません。洗濯物を吊るすヴェランダもない。たくさん人が住んでいるはずなのに、暮らしのざわめきがありません。

社会主義の「平等」理念をそのまま形象化したような、無機質で無特性な八階建アパートが建ちならぶベオグラード新市街の、ここ第二六七棟三階隅の部屋で、カラジッチは潜伏生活していました。

ひやりとするほど薄いコンクリ壁と細い柱、機能一点張りのシンプルな設計。外壁はすでにぼろぼろで、張り出し屋根にはペンペン草が生い茂っています。逃亡者が身を隠すにはふさわしいけれど、観光客が見学するにはもっともふさわしくない場所。

カラジッチは一九九六年に大統領を辞任した直後、旧ユーゴ国際戦犯法廷から訴追されて国際指名手配を受けます。が、逮捕されたのは二〇〇八年、逮捕されるまでの十年以上、彼は潜伏生活をつづけました。

現在、明らかになっているところでは、彼は名をカラジッチからダビッチに変え、髪と髭を長くして風采を一変させ、オルターナティヴ・メディスン（代替医療）のクリニックをひらいて、このアパートで暮らしていました。代替医療とは西洋医学の代わりの医療という意味でしょうか、漢方とかアーユルヴェーダとかリラクソロジーに相当するセルビア伝統医学なのだと思われます。

逮捕されたのはベオグラードのバスのなかでした。が、このとき周囲の乗客はだれひとり、逮捕されたのがカラジッチだと気づかなかったそうです。

それにしても、不自然ではありませんか。

だれかが手引きして庇護しなければ、潜伏生活など不可能です。いったい、だれが手引きを？と疑えば、まっさきにあがる容疑者は、セルビア共和国政府およびセルビア人共和国政府でしょう。

裏を返せば、カラジッチが逮捕されたのは、セルビア共和国政府およびセルビア人共和国政府が見限ったから、ともいえます。

山花さんがコネを駆使して、カラジッチの弟ルーカさんを見つけ出し、面会のアポをとりつけてきてくれました。

弟は兄より六つ年下、禿頭で、すでに六十は越えているけど、筋肉質の、がっしりした体型の男性です。

黄色い口髭をたくわえて、いかにも戦場へ出れば前線指揮官として絵になる風貌ながら、きょうは軍服でなく、半袖の横縞ポロシャツに、ベージュのだぶだぶズボンという恰好です。腕にロザリオを巻いているのは、敬虔なセルビア正教の信者だからでしょう。

挨拶をかわしたあと、早々にわたしは釘を刺されました。


——兄に興味を持ってくれるのはうれしいが、どうか、真実を伝えていただきたい。

兄は内戦には一貫して反対だった。

敵に対しては、騎士道をもって接した。

騎士道をもって接するとは、味方の犠牲だけでなく、敵の犠牲をも最小限に食いとめるよう、配慮して戦うということだ。……


「騎士道」という言葉がいきなり出てきたことに、面食らいました。

騎士道物語のパロディ小説である『ドン・キホーテ』が書かれたのは十七世紀だから、西欧ではすでに四世紀まえ、「騎士道」は大真面目に口にする言葉ではなくなっていたはずです。なのに、そういう言葉を大真面目に使う人と、二十一世紀のセルビアで遭遇したのです。

わたしにはカラジッチを「騎士」として見る視点はないし、そうしたいという欲求もありません。三島さんを「武士」として見たいという欲求がないのと同様です。「騎士」も「武士」も、人を否応なく小暗い精神主義へ引きずり込む。小暗い精神主義は、民族主義やナショナリズムへするりとつながってしまいます。

カラジッチは「騎士」でなく、「騎士」になりそびれたドン・キホーテでもなく、ドン・キホーテをからかうサンチョ・パンサでもなく、ドン・キホーテとサンチョ・パンサを自在にあやつるセルバンテスである、とわたしは思いたい。それを確認するためにセルビアへ来た、といってもいいぐらいです。だから、「騎士」は困りました。

——カラジッチ家はモンテネグロの由緒ある家系だった。

かつては地元の領主をつとめた家柄でもある。

モンテネグロは岩の国だ。

岩の国に生まれ育った者は、独立心が旺盛で、名誉を重んじ、宗教や信義に篤い。

そして、アイデンティティを何より尊ぶ。……

そうです、大切なことを忘れていました。

セルビア人共和国元大統領カラジッチはセルビア人ではなく、モンテネグロ人だったのです。

ニック・ホートンの本にも、カラジッチ家は十七世紀半ばにマケドニアからモンテネグロへ移住してきた古い家系である、と書かれていました。

　モンテネグロはボスニアの南東、アドリア海に面した人口六十万余の小国で、旧ユーゴスラヴィアの一部です。ただし、モンテネグロ人の宗教はセルビア正教で、モンテネグロ語はセルビア語とほとんど同じ、モンテネグロ人とセルビア人の境はかぎりなく薄い。とはいっても、セルビアはセルビア、モンテネグロはモンテネグロ、わずかな差異を乗り越えがたい壁に変えるのがバルカンという土地柄、といわれたらそれまで。


――兄は十五歳でサラエヴォの高校に入り、卒業後はサラエヴォ大学の医学部へすすんだ。サラエヴォ暮らしが長いので、兄弟でゆっくり話しあえる機会は、兄が休暇で家に帰ってきたときぐらいのものだった。だから、兄弟喧嘩をしたおぼえがない。

　家が貧しかったので、兄は学費稼ぎのためにアルバイトに精を出さざるをえなかった。炭鉱で石炭を袋に詰める仕事をしたこともあったし、牛乳配達をしたこともあった。……


　カラジッチは十五で、モンテネグロの山奥から大都市サラエヴォへ出てきました。それは目も眩(くら)むような体験だったでしょう。

　サラエヴォは、今はムスリム人の街になったけれど、かつてはコスモポリスで、クロアチア人もセルビア人もユダヤ人もスロヴェニア人もアルバニア人もマケドニア人もいて、それぞれの宗教なり文化背景なりを持ちながら多様な人が多様に共存していたはずです。

陰では他民族の悪口をいうことがあっても、表むきは分け隔てなくつきあうのが都市というものでしょう。自分は自民族としかつきあいたくないと思っても、現実には嫌でも異民族と日々つきあわざるをえないし、どうせつきあうなら気持ちよくつきあいたい。カラジッチにもムスリム人の友人ができたでしょうし、イスラム教の魅力に触れることもあったでしょう。クロアチア人やムスリム人の美女に目を奪われることだって、きっとあったはずです。こちらの美女はそれはもう、桁外れの美しさですから。多文化共棲の都市で多感な青少年期をおくることで、モンテネグロも「騎士」も嫌でも彼のなかで相対化されていった、と思いたい。


――高校生のころ、兄は、将来は医者か、作家になる、といいだした。

兄は生まれついての本の虫で、六千冊もの蔵書が残ったが、そのほとんどが外国語の本だ。

兄は父より、母に似ている。母は教育のない人だったが、本を読むのが大好きだった。

兄は今でも、本を送れ、とハーグから催促してくる。

ハーグではいつも、本を読みたいのに訴訟資料ばかり読まされてかなわない、もっと本を読む時間をくれ、と弁護士にごねている。……


聞いて、吹き出しました。不躾(ぶしつけ)にも、掌まで叩いて。

こちらへ来て初めてです、こんなに気持ちよく笑ったのは。内戦の現実とむきあうと、笑う心の余裕などなくなってしまいますから。

拘置所で本を貪り読むカラジッチ、訴訟資料ばかり読ませるなと弁護士に駄々をこねるカラジッチ、それこそわたしが探し求めていた生身のカラジッチでした。駆け引き、陰謀、騙しあい、そうした政治的現実にうんざりして、目を高く保って現実を遠望俯瞰する irony の人、非政治的人間、反政治的人間、カラジッチにはそうあってほしかったのです。

拘置所で本を貪り読むカラジッチが、『金閣寺』の主人公「私」とダブりました。『金閣寺』の主人公「私」は幼いときから、この世に金閣寺以上に美しいものはない、と父親に教えられて育ちます。その父を早く亡くすと、金閣寺へ徒弟に出され、金閣寺の美を心の支えとして生きていく。しかし、金閣寺の美はしだいに「私」が現実とかかわりあう際の障害になってくる。そして、ついに障害をとり除くために、金閣寺に火を放つ。

いうまでもなく『金閣寺』は実話を下敷きにした小説で、「私」には林養賢というモデルがいます。林は金閣寺を焼いたあと、懲役七年の実刑判決を受け、刑期の満了直前に刑務所から病院へ移されて死にます。奇しくも、『金閣寺』が雑誌「新潮」に連載されている最中のことでした。『金閣寺』には三つの逆説がある、とわたしは考えます。

ひとつは、現実との生きいきとしたかかわりをとりもどすために金閣を焼いたのに、結局、「私」は現実とのかかわりを完全遮断された獄中で生きるしかなくなる、という逆説です。

もうひとつは、牢獄は社会的自由を「私」から奪う一方、不快な棘(とげ)に充ちた現実とのかかわりから「私」を庇護する、究極の安息場たりえた、という逆説です。もちろん、小説には牢獄は出てきません。牢獄はテクスト外の事実です。しかし、読者はそのテクスト外の事実を知っています。

さらにもうひとつは、牢獄は不快な棘に充ちた現実とのかかわりから「私」を庇護するという意味で、まったく金閣寺の美と同じ機能を果たす、つまり、獄はもうひとつの金閣寺だったという逆説です。「私」は金閣寺を焼いて、金閣寺へ引きもどされる。「私」は永遠に金閣寺から逃れられず、永遠に金閣寺を焼きつづけるしかない。この徹底して救いようのない物語が『金閣寺』である、と去年のレポートに書いたら、先生はSをくださいましたね。

昭和四十五年十一月、三島さんは死の準備をすすめながら、『金閣寺』の「私」の運命に怯えていたはずです。本番で失敗したら、「私」と同じように警察につかまり、刑事被告人として裁判にかけられ、獄中生活を余儀なくされる。そんな自分を想像すれば、全身を掻き毟りたい衝動に駆られたでしょう。死ぬに死にきれない。無惨で、滑稽で、醜悪で。

ただしもう一歩、彼の心の襞に分け入ると、別のことが考えられなくもない。

もし、失敗して生き残れば、それはそれで安息への抜け道になるかもしれない。

失敗して生き残れば、刑罰が科せられます。三島さんにどれほどの懲役がつくか、執行猶予がつくか、わかりませんが、死刑にはならないし、無期懲役にもならなかったでしょう。ということは、いずれ娑婆へもどる。一度ならず二度までも、彼は死にそこなう。死にそこなった彼は、どんな余生をおくればよいか。これが問題です。

四十五歳で失敗した死の再試行としての死、という選択肢はもはやありえない。だって、美しくないですから。サマにならないですから。自死という出口が塞がれたら、あとは嫌でも生き延びるしかない。

多額の印税収入があるから、生活の心配はありません。前科者の烙印が家族におよぶのを恐れて、おそらく妻と離縁するし、別居するでしょうから、独り暮らしになるでしょう。彼は不自由だけど、自由です。吉野か熊野あたりに山小屋でもつくり、あるいは東京に「市中の山居」をつくり、そこで晴耕雨読の暮らしをしながら、谷崎潤一郎と泉鏡花と幸田露伴を足して三で割ったような、超俗にして極俗、絢爛華麗なる文芸を熟成させるのもいい。あるいは、書斎の脇に芝居小屋をつくり、若くて美しい男性劇団員たちと寝起きをともにしながら、パンクな芝居を上演しつづけるのもいい。前科者には文化勲章もノーベル賞も来ない。でも、そんなこと、どうでもいい。生きたいように生きる。書きたいように書く。そこまで行ってこそ、本物の大作家ではありませんか。

しかし……、またふりだしへもどります。

自死しない三島さんは、つまらない。三島さんが魅力的であるためには、どうしても自死してもらわなくてはいけない。わたしはときおり、三島さんの文芸に惹かれているのか、死に方に惹かれているのか、自分でもわからなくなります。

寄り道をしました。

――二十代の終わりの一年間、兄はコロンビア大学に留学して、ニューヨークで妻子と暮らした。

むこうの民主主義や学問のありよう、法のもとでの平等という考え方には、ずいぶん感銘を受けて帰ってきたようだ。

が、反面、アメリカ社会の冷たさも実感したようで、どの家庭でも子どもが大学に入ると家から追い出す、あれは家族を何より尊ぶわれわれには信じがたいことだ、と漏らしていた。……


モンテネグロの山深い田舎から国際都市サラエヴォへ、さらにニューヨークへ。

カラジッチがアメリカで暮らしたのは、一九七四年から翌年にかけて。一九七四年といえば、ヴェトナム戦争でのアメリカ敗退がほぼ確定した年です。アメリカの栄光が揺らいで、アメリカ人のプライドに深い傷を残した年です。


――カラジッチ家の血は、モンテネグロの血だ。モンテネグロの人間が何より重んずるモラルは、他人にされたくないことは他人にしないこと、そして、他人および自分に恥をかかせないことだ。フェアでない、と他人から後ろ指をさされるのが、最大の恥辱だ。

モンテネグロやセルビアの子どもたちは、グスラールという物語師が、グスラという一弦琴を弾きながら語る中世英雄譚を聴いて育つ。モンテネグロ人にとっては、中世英雄譚を暗誦し、次の世代に伝えていくことが、民族のアイデンティティであるといってもいい。アイデンティティにこだわらない民族は、民族ではない。

わが一族はグスラールの家で、父は名を馳せたグスラールだった。自分もまたグスラールとして、CDを何枚も出した。一枚はゴールド・ディスクにもなった。残念ながら、兄は声が弱くて、自分ほどの才能がなかったが。……

またしても、わたしは吹き出しました。

兄は声が弱く才能に乏しく、無念なことにグスラールになりそこねて、大統領なんてつまらないものになってしまった。立派なグスラールになっていれば、こんな末路をたどらなくてもすんだものを、という愚痴に聞こえてしまったからです。

しかし、もし、カラジッチが大統領にならなければ、ボスニアはどうなっていたのでしょう。カラジッチが大統領になろうがなるまいが、たぶん、内戦は起こりました。何万もの人びとが内戦で命を落としました。ただ、カラジッチほどアメリカや西欧諸国のことを理解せず、民族主義を相対化する経験や教養を持たないウルトラ右翼が大統領になっていたら、スレブレニッツァでは大統領令によって女や子どもの例外なくジェノサイドが行なわれたかもしれないし、アメリカの仲介による停戦協議は紛糾して決着がもつれ、さらに多くの犠牲者を出すことになったかもしれません。最悪、泥沼化した内戦が今もつづいていたかもしれない。

最後に、ユキオ・ミシマの名をお兄さんから聞いたことはありませんか、と訊くと、ルーカはしずかに首を横にふりました。

ルーカと別れたあと、ベオグラードのCDショップをかたっぱしから覗いて、グスラールのCDを手に入れました。ホテルへもどるまで待ちきれず、山花さんのカーオーディオのプレイヤーにCDのディスクを載せると、まったく予想もしない音がスピーカーから飛び出して、呆然としました。

グスラは一弦琴なので、胡弓のように哀調を帯びた音を期待していたのですが、実際は耳を塞ぎたくなるような、粗くて堅い音でした。演奏も一本調子、まったく洗練されていません。共感の回路が断たれて、まいったなあ、と頭をかかえながらCDの折り込み解説書をひらくと、英文サマライズにこう書かれてありました。

——セルビア英雄譚は、過ぎ去った民族の栄光を偲び、オスマン・トルコ帝国の支配からセルビア民族を解放させる英雄の出現を待望して、名もなき民衆詩人が歌い継いできたものである。……これらは十九世紀に体系的に採録されて、海外にも紹介されるようになり、グリムやゲーテやメリメにも影響を与えた。……グスラールには、盲人や義賊が多かったと伝えられる。……

物語師グスラールには盲人と義賊が多かった、という事実に目を吸い寄せられました。

義賊とは、支配者オスマン・トルコ帝国に立ちむかった叛乱軍の民衆リーダーのことでしょう。カラジッチ家がグスラールの家系であっただけでなく、義賊の家系でもあったとしたら、ルーカの口から「騎士道」という言葉が飛び出しても、不思議はなかったのかもしれません。

義賊の叛乱は、ことごとくが失敗に終わるほかなかったでしょうから、義賊すなわち敗者です。敗者の怨念が、敗者の末裔によって歌い継がれていった。まさしくセルビアの『平家物語』です。でも、それは滅びの美しさや無常の哀しみを謳いあげるものでなく、叛乱再起の決意を呼び起こすものでなければならなかったのでしょう。

わたしがCDで聞いたセルビアの平曲は、一三八九年のコソヴォ敗戦が舞台です。

源平合戦の二百年ほど後に起きたコソヴォ敗戦、その比較対象を日本史に求めれば、六六三年の白村江の敗戦か、一九四五年の第二次世界大戦の敗戦が近いのでしょうが、コソヴォはもっと悲惨です。白村江のあと、唐も新羅も列島に攻め寄せてこなかったし、GHQの占領統治は数年で解除され、日本人の記憶のなかに屈辱の歴史としては刻み込まれなかった。しかし、セルビア人は敗戦後、延々と敵国に支配されるのです。

コソヴォ敗戦をめぐる物語を、そのとき初めて知りました。

オスマン・トルコ帝国との決戦直前、セルビア皇帝ラザル（史実においてはセルビアはすでに帝国から王国に降格しているし、ラザルは皇帝でも王でもありません）のもとへ、聖都エルサレムから灰色の隼が飛んできます。隼は聖母からの手紙を携えている。手紙にはこう書かれていました。

——ラザルよ、汝（なんじ）はいずれの王国を選ぶか。
天上の王国か、地上の王国か。

地上の王国を望むなら、馬に乗れ。さすれば、トルコ軍に打ち勝つだろう。天上の王国を望むなら、コソヴォに教会を建てよ。そして、純なる緋の絹で教会を飾り、汝の兵らに聖体を授けさせよ。ただし、兵たちはみな死ぬだろう。汝も死ぬ。……

皇帝ラザルは、天上の王国を選んで、コソヴォで戦死します。地上の王国を選べば、戦いに勝利してしまうので、史実をゆがめることになる。それはまずいので、物語作者は皇帝に天上の王国を選ばせる。

こんなことをいえばセルビア人は激怒するでしょうが、何とも見え透いた負け惜しみです。セルビア人は天上の勝利と抱きあわせにすることでしか、地上の敗北を受け容れることができなかったのです。

物語というものは、受け容れがたい現実をふんわりと宙に持ちあげる、梃子のようなものかもしれません。梃子の支点に、天上の神がいます。

と、そこまで考えて、ハッとしました。

わたしはさきほど、一九四五年八月十五日の敗戦が日本人の記憶のなかで屈辱の歴史として刻み込まれなかった、と書きました。三百万人の犠牲を出した敗戦が、屈辱の歴史にならないはずはないのに、ならなかった。それは、なぜなのか。途方もない不幸が、不幸の意識を日本人に植え込まなかったのは、なぜなのか。

理由のひとつは、きっと、アメリカの巧みな占領政策にあったのでしょう。日比谷の第一生命ビル、GHQの一室でそういうシナリオが描かれて、そのとおりに現実が運ばれていったのかもしれません。

いえ、でも、それだけではなかったはずです。日本人は敗戦という受け容れがたい現実を受け容れるために、やはり梃子を使った。しかし、梃子の支点には天上の神でなく、『平家物語』と同じように「無常」を据えたのではないでしょうか。要するに、日本人は第二次世界大戦を『平家物語』化して、耐えたのではないでしょうか。戦争には勝者も敗者もない。すべては儚い。憎むべきは敵でなく、戦争そのものだ。戦争は一種の天災だ。過去を悔やんでも仕方ない。過去は過去として切り捨て、復興へむけて粛々とすすんでいくしかない……と。

9

鷲見恭一朗の報告ファイル・第三信

『豊饒の海』は、読むのがしんどい。輪廻転生という物語の枠組みはおもしろくないはずがないのに、叙述は読みづらくてかなわない。ぼくの考える小説のおもしろさと、この小説が追求するおもしろさとが、なかなか打ち解けあってくれない。

ペイパーバックスの裏表紙を見ると、書評の引用が堂々と刷り込まれていることがあって、テリフィックとか、エクセレントとか、スプレンディドとか、恥ずかしげもなく定番の賛辞がつらねてある。その定番のひとつに page-turner ページターナーという語があって、ぼくは好きだ。読みだしたら止まらない、次の展開が知りたくてつい次のページをめくってしまう、そう思わせる力がページターナーだろう。

『豊饒の海』は明らかに、ページターナーではない。

理屈が多すぎる。描写が多すぎる。理屈と描写に埋もれて、物語の展開が弱まってしまう。ひとりの小説読者として、ぼくはあらゆる小説に、ページターナーであることを要求する。卒論のテーマに尾崎紅葉の新聞小説を選んだのも、辛気くさい自然主義以降の近代日本文学に対比して、尾崎紅葉の作品があざやかなページターナーぶりを見せつけてくれたからだ。

三島の作品でページターナーと形容できるのは、かろうじて『潮騒』と『鹿鳴館』と『黒蜥蜴』ぐらいだろう。『金閣寺』も『仮面の告白』も『サド侯爵夫人』も、例によって理屈と描写の氾濫に辟易して、ページターナーを感じとることができなかった。

ちなみに『金閣寺』で心がふるえたのは、

一ト仕事を終へて一服してゐる人がよくさう思ふやうに、生きようと私は思つた。


という最後の一行だけだ。

これと似たことが、『豊饒の海』でも起こった。

『豊饒の海』四部作は観念的講釈がうるさい。第一巻、第二巻までは何とかしのげるが、第三巻になると唯識の解説がとめどなく出てきて、げんなりさせられる。小説は論文ではないのだから、こういうものであっていいはずがない。読者の生理を無視して理屈を小説に詰め込むのは、文芸の自己否定であろう。

第三巻にはせっかくシャムの王女が登場するのだし、もっともっと力動的に筋を展開できたはずなのに、期待外れに終わってしまう。王女は最後までお人形だし、慶子や今西などの脇役に魅力が乏しい。作者はわざと物語をつまらなくしようとしているのではないか、とすら邪推したくなる。

第四巻も天才少年の通信員をジュリアン・ソレルふうにさらに背丈を伸ばすことができたの

に、不発に終わってしまう。同じ崩すでも、背丈をぎりぎりまで伸ばしたうえで崩す方が、背丈を伸ばさずに崩すよりも、効果が増しただろう。残念なことである。心がふるえたのは、『金閣寺』と同じく、最後の数段落だけだ。

ページターナーは読者を誘引する力なのに、それが最後の最後にしか訪れないというのは、前戯だけあって本番がないセックスのようなものだ。読者は正直に不満を表明すべきである。作家はもっと読者を楽しませろ、と。

とはいえ、二十一世紀の小説読者の不幸は、その作品がページターナーでないからといって、それだけで相手を駄作だと決めつけられないことだ。マルセル・プルーストの『失われた時を求めて』も、ジェームズ・ジョイスの『ユリシーズ』も、ロレンス・ダレルの『アレクサンドリア四重奏』も、断じて断じてページターナーではない。が、駄作だと貶せば、逆に馬鹿者と貶される。

プルーストも、ジョイスも、ダレルも、三島由紀夫も、小説を小説以上の何かにしようとして足掻（あが）いて逝った。その足掻きに、かつての小説読者たちは辛抱強くつきあうことができた。読者は小説に小説以上の何かを期待して、棚を文学全集で埋めた。辛抱強くつきあえば、文芸は宗教の代用にもなった。いい時代だった、と先生の世代はいうかもしれない。けど、ぼくはそう思わない。読者に、おもしろくないものはおもしろくない、といいづらくさせたからである。

文庫本で四巻、全千七百ページの分量とつきあうと、三島はつくづく「目の人」だとわかる。視覚でものを考える。何もかも空間化して考える。だから、どのページにも華麗な絵が透けて見えるが、音が聴こえてこない。

三島は音楽嫌いだったのかと疑って、ネットで調べると、必ずしもそうではなかった。彼はワグナーの大ファンで、原作・製作・脚色・監督・主演、ひとり五役をこなした短編映画「憂国」(昭和四十一年公開)では、ワグナーの「トリスタンとイゾルデ」をBGMに使っている。

映画「憂国」のDVDを図書館で借りて観たら、いやはや驚いた。セットは能舞台、役者は三島と無名女優のふたり、場面はセックスと切腹のみ、ワグナーのオーケストレーションはゆるやかにはじまり、徐々に加速して渦を巻いてうねり、くねり、のたうち、波のように寄せては退き、退いては寄せ、少しずつ昂まり、昂まりきると、あとは裂けて、砕けて、散っていく。

音楽が全編を包み込む。映画のための音楽なのか、音楽のための映画なのか。音楽は射精の瞬間を、死の瞬間と同期させる。死をかたわらに据えなければ、射精は体液のむなしい放出となる。死を呼び込むことによって、射精は宗教的法悦に変わる。

アカネは「憂国」を観ているはずだ。もし、彼女が馬鹿正直にこの法悦を性の究極と信じているとしたら、と想像すると、ぞっとせずにいられない。ぼくは十数回にわたり、失望につぐ失望を与えたにちがいないからだ。

いや、相手がぼくでなかったとしても、同じことだったろう。あいつはだれとでも失望の連続を味わい、最後には不感症に陥るしかないのだ。現実離れした思い込みを断たないかぎり。

「憂国」を観たあと、ひとつのことが気になりだした。

昭和四十五年十一月二十五日、三島は「憂国」を野外実演した。死出の旅をともにするのは女でなく、森田必勝という二十五歳の男だった。これを「情死」と評する人は、昔からあとを絶たない。

ぼくはホモセクシャルではないし、江戸の「衆道（しゅどう）」にも通じないので、果たしてこういうことがありうるのかどうか、自信がない。が、考えないわけにいかない。あの日、三島の褌（ふんどし）は、鮮血とともに白い精液にまみれていなかったか。

もし、この問いをアカネにむけたら、あいつは怒り狂うだろう。「情死」で説明できたら、二十歳の死の再試行という仮説が、ご破算になってしまう。「情死」は、アカネの仮説の絶対外部にありつづける。

さて、『豊饒の海』をひととおり読み終えたあと、奇妙な感じに打たれた。最後の部分に、亀裂が走っている。最後の最後が、割れている。

とりあえず、全編の構成をまとめてみる。

『豊饒の海』は四部仕立てで、ワグナーの歌劇「ニーベルングの指輪」、前夜から第三夜の四部仕立てに倣ったもの、と自分は勝手に推理する。三島の肥大したエゴティズムには、ワグナーと張りあうヤマッ気が何より似合う。

第一巻『春の雪』は、明治末から大正初めの東京が舞台で、松枝清顕（まつがえきよあき）という侯爵家の御曹司と、綾倉聡子（あやくらさとこ）という伯爵家の令嬢との恋が語られる。聡子は宮家と婚約したあと、清顕と関係を結んで妊娠し、進退きわまって奈良の月修寺で出家する。清顕は聡子との再会を求めて寺へ日参するが、門跡が会わせてくれない。恋にやつれて、彼は二十歳で死ぬ。

第二巻『奔馬』は、昭和初期の奈良と東京が舞台、国学院生の飯沼勲（いいぬまいさお）が右翼テロリストになりゆく過程を描く。勲は財界の黒幕をテロルで葬ったのち、二十歳で自決する。作中作として、「神風連の乱」のドキュメントが挿入される。「神風連の乱」は、明治の熊本で実際に起きた思想的叛乱である。

第三巻『暁の寺』は、第一部と第二部とに分かれる。第一部は昭和二十年の敗戦で終わり、第二部は敗戦ではじまる。第三巻だけふたつに分かれるのは、『源氏物語』が「若菜」の帖のみ上下二部構成になっていることを想起させる。『源氏物語』は「若菜」で前後に分かれる、とも読める。『豊饒の海』も『暁の寺』で前後に分けるつもりだったのかもしれない。第一部はタイやインドを舞台とする。この巻の主人公は月光姫（ジン・ジャン）というシャムの王女、彼女も二十歳で死ぬ。

第四巻『天人五衰』は、作品発表時とほぼ同時期の東京が舞台で、最後の場面は作品発表時の五年後、つまり、この作品は近未来小説でもある。主人公は安永透（やすながとおる）という天才美少年、二十歳で自殺を企てるが失敗し、失明して生き延びる。

第一巻の松枝清顕、第二巻の飯沼勲、第三巻の月光姫、第四巻の安永透、この四人の主人公は「人間界の天人」の系譜をなす、と読むことができる。

『豊饒の海』は「人間界の天人」の輪廻転生の物語。ただし、最終巻の安永透は「天人」が「五衰」して「人間」へ堕落し、転生の系譜の信憑性を揺るがせる。

さて、四つの巻をつなぐ人物が、記録係あるいは輪廻探偵としての本多繁邦(ほんだしげくに)だ。本多は最終巻最終章で、松枝清顕の恋の相手、綾倉聡子に再会し、「人間界の天人」の転生の系譜を報告する。このとき聡子はすでに八十三歳、月修寺の門跡である。

聡子は本多の話を聞いて、こういう。

「えろう面白いお話やすけど、松枝さんといふ方は、存じませんな。その松枝さんのお相手のお方さんは、何やらお人違ひでつしやろ。（略）松枝清顕さんといふ方は、お名をきいたこともありません。そんなお方は、もともとあらしやらなかつたのと違ひますか？　何やら本多さんが、あるやうに思うてあらしやつて、実ははじめから、どこにもをられなんだ、といふことではありませんか？（略）記憶と言うてもな、映る筈もない遠すぎるものを映しもすれば、それを近いもののやうに見せもすれば、幻の眼鏡のやうなものやさかいに」

本多は狼狽する。それなら、勲もいなかったことになる。ジン・ジャンもいなかったことになる。……その上、ひょっとしたら、この私ですらも……。このあと、トドメの一撃が聡子から本多へ放たれる。

「それも心々(こころごころ)ですさかい」

ページターナーの快楽追求者としては、このドンデン返しに異議をとなえずにいられない。作者の語りへの素朴な信頼を逆手にとって裏切る創作技法のことを、「叙述トリック」と呼ぶ。『豊饒の海』最後のドンデン返しは「叙述トリック」のひとつだが、これは、しかし、安直すぎる。

営々と築かれてきた虚構の伽藍を、以上は嘘八百でございと崩せば嫌でも読者に一定の感銘を与える。が、小説はもともと嘘八百なのだから、嘘八百だと自ら暴露するのは、小説の倫理にもとる。ワグナーとしっかり張りあうつもりなら、ここは何としても死と射精を同期させて、読者を宗教的法悦へと導いてもらいたかった。

四巻千七百ページの最後は、こうだ。

> これと云つて奇巧のない、閑雅な、明るくひらいた御庭である。数珠を繰るやうな蝉の声がここを領してゐる。
>
> そのほかには何一つ音とてなく、寂寞（じやくまく）を極めてゐる。この庭には何もない。記憶もなければ何もないところへ、自分は来てしまつたと本多は思つた。
>
> 庭は夏の日ざかりの日を浴びてしんとしてゐる。……
>
> 「豊饒の海」完。
>
> 昭和四十五年十一月二十五日

脱稿の日付が著者の命日であることは、作品内に書かれていないが、読者は了解している。あらかじめ知っている読者もあれば、あとから知る読者もあるだろう。が、ともかく了解している。

「『豊饒の海』完。」と、「昭和四十五年十一月二十五日」。ここで、ぼくは立ち往生してしまう。ふたつのあいだに亀裂がある、ふたつが割れている。

『豊饒の海』の物語は、「記憶もなければ何もないところへ」読者を引きずり込んで終わる。しかし、日付は、「天皇陛下万歳」と自衛隊駐屯地のバルコニーで絶叫する著者の姿を読者に喚起する。一方が「何もナイ」とささやいて終わるのに、他方は「天皇はアル！」「日本はアル！」「わたしは日本人でアル！」と絶叫して終わる。

ナイとアルとが弾きあう。ナイとアルとで裂けている。裂けたものは裂けたまま、オープンエンドで幕を閉じていいのだろうか。あるいは、裂けたものは何らかの読みによって、縫合されるのだろうか。その縫合の読みを、作者は意図的に隠し、読者に苦心して見出させようとしているのだろうか。

千七百ページを読み終えたと思ったら、まだ何も読み終えていない、読みはじめてさえいないことに気づかされて、ぼくはムカついた。

「一応、読み終えました」

と力のない声で田鶴さんに電話で伝えると、

「あッ、そう」

拍子抜けするほど、無感動な声が返ってきた。

「約束どおり、会って、話を聞かせていただけますか」

と訊くと、

「来るなら、来なさい」

木で鼻をくくったような返事だった。


その日、高田馬場の雑居ビル八階「歌詠み講社・昭和鏡」を訪ねると、座敷へ通された。ただし、上座には坐らせてもらえない。教えを乞う者を客扱いにはしない、ということなのだろう。

座卓のむこうの床の間には白木の神棚があり、「戦没会員之霊位」の札が納まる。

田鶴さんは麦茶の入った切子グラスをふたつ運んで座卓に置き、着物の裾がよじれないように気をつけて正座した。きょうは明治の書生のような絣を着ている。ぼくもあわてて正座しなおした。

「さあ、まずは、読んで何を思ったか、話してください」

うながされたので、読み終えたのに何も読み終えていない不燃感ばかりわだかまる今の思いを、正直に打ち明けた。

――生け捕りに、されましたね。

とまず、彼は笑った。

――貴兄がいみじくも指摘してくれたように、『豊饒の海』の本文と「昭和四十五年十一月二十五日」の日付、このあいだを読むことが、『豊饒の海』を読むことだと小生は考えます。

さて、『豊饒の海』には作品全体を凸面鏡のように映し出す寓話が、冒頭に忍び込んでいるが、気づきましたか。

凸面鏡は、『春の雪』の冒頭にあります。松枝清顕の屋敷に月修寺門跡が来て法話をする場面、ちょうど滝口に黒い犬の屍が引っかかっていて、これも何かのご縁でしょうから、といって門跡が座敷で法話をする。その場に、清顕も聡子もつらなる。平安時代の「法華講」のような場面です。門跡は聡子の先代か先々代、いずれ自分が門跡を継ぐことになるとは、聡子はそのとき知るよしもないわけですな。まあ、読んでみましょう。

御門跡のお話は、むかしの唐の世の元暁(ぐわんげう)といふ男についてだつた。名山高岳に仏道をたづねて歩くうち、たまたま日が暮れて、塚のあひだに野宿をした。夜中に目をさましたところ、ひどく咽喉(のど)が渇いてゐたので、手をさしのべて、かたはらの穴の中の水を掬(むす)んで飲んだ。こんなに清らかで、冷たくて、甘(うま)い水はなかつた。又寝込んで、朝になつて目がさめたとき、あけぼのの光りが、夜中に飲んだ水の在処(ありか)を照らし出した。それは思ひがけなくも、髑髏(どくろ)の中に溜つた水だつたので、元暁は嘔気(はきけ)を催ほして、吐(もど)してしまつた。しかしそこで彼が悟つたことは、心が生ずれば則ち種々の法を生じ、心を滅すれば則ち髑髏不二なり、といふ真理だつた。

この引用は、次のように絵解きできます。

元暁が、髑髏を髑髏と知らなければ、水はこのうえもなく清らかで、冷たくて、甘かった。むろん、まえもって髑髏と知っていれば、気持ち悪くて、水など飲めやしない。で、飲んでしまったあとで髑髏と気づけば、水は吐かざるをえない。元暁に嘔気をもよおさせたのは、何か。突きつめれば、彼の自我と知覚とが手をとりあって創りあげた、髑髏という表象であり、表象が持つ強力な呪縛力ということができます。つまり、仏法で「我」と呼ぶところの、無明の根源でしょう。

元暁の悟りの中身は、おおよそこう解釈できる。心というものは、それ自体が無色透明ではありえない。つねに何かの対象を志向するものだから、心が生ずることはそのまま、対象である種々の現象が生ずることだ。ただこのとき現象は、心から「我」という実体的自己同一性を賦与されている。自己同一性そのものには、いかなる根拠も必然性もない。それは本来、「空」にして、関係の戯れにすぎないものに、恣意的な分節を施したにすぎないものだからです。

しかし、この恣意的な分節がやがて固定され、物神化され、実体的な「本質」にすりかわると、心と現象をがんじがらめに縛りあげる。蚕が自分の吐き出す糸で自分自身を閉じ込めていくように、心は「本質」という名の「存在の檻」に自分自身を閉じ込めていく。が、もしも、もしもですよ、ここで、心による意味の分泌作用を止めたら、どうなるか？　心も現象も「存在の檻」から解放されて、自由に相互浸透しはじめるのではないか……。

気づきましたか。この挿話は、『豊饒の海』最後の聡子門跡の台詞と、同じことをいっている。「それも心々（こころごころ）ですさかい」と。

話がややこしくなりました。ゆっくりやりましょう。

元暁についての法話には、作品全体が凝縮されています。たとえば、「元暁の咽喉の渇き」は、いってみれば本多繁邦の認識欲であって、これがないと物語が動かない。したがって、本多の認識欲が描き出した〈松枝清顕―飯沼勲―ジン・ジャン―安永透〉という四人の転生譚は、元暁の咽喉の渇きを癒した「清らかで、冷たくて、甘い水」ということになります。

ところが、「清らかで、冷たくて、甘い水」の正体は、「髑髏に溜つた水」だった。四人の転生譚は結局のところ、本多の認識欲が恣意的に描き出した幻にすぎなかった。したがって、髑髏に差した「あけぼのの光り」は、聡子門跡の「心々ですさかい」という台詞と考えることができるわけです。

どうです、きれいに対応するでしょう。要するに、元暁は本多であり、本多は元暁であった。

ただし、肝心なのは、そのあとです。

学習院の森で、清顕と本多が会話をする場面があります。本多はこういいます。

しかし俺に興味があつたのは、悟つたあとの元暁が、ふたたび同じ水を、心から清く美味しく飲むことができたらうか、といふことだ。純潔もさうだね。さう思はないか？　相手の女がどんな莫連だらうと、純潔な青年は純潔な恋を味はふことができる。だが、女をとんだあばずれと知つたのちに、そこで自分の純潔の心象が世界を好き勝手に描いてゐただけだと知つたのちに、もう一度同じ女に、清らかな恋心を味はふことができるだらうか？　できたら、すばらしいと思はんかね？　自分の心の本質と世界の本質を、そこまで鞏固に結び合せることができたら、すばらしいと思はないか？　それは世界の秘密の鍵を、この手に握つたといふことぢやないだらうか？

「莫連」は、あばずれという意味ですね。相手がどんなあばずれでも、もし、純潔な女と見立てなおすことができたら、それはつまり、自分の心の本質と世界の本質とを結び合わせることではないか、と本多はいう。

どういうことか。真理をただ受けとるだけの悟りなど、つまらない。悟りが本物であるなら、世界を解釈するだけでなく、必ずや変革する力を備えているはずだ。マルクスも似たようなことをいいましたね。重要なのは解釈でなく、変革だと。

元暁の悟りによれば、世界の姿は、「心々」に応じて移ろう。ならば、逆に、「心々」をズラすことによって、世界の姿を変えることもできるはずだ。たとえば、同じ女を「とんだあばずれ」とみなすのも、「女神」と崇めるのも、「心々」ならば、「とんだあばずれ」も、「女神」も、

「心々」であることにおいて等価である。だから、そこをもう一歩すすめて、「とんだあばずれ」を「女神」に見立てなおすことだって、できるのではないか。そこまで「心」と「存在」を直結させるのでなければ、本物の悟りとはいえないのではないか。

この問いは、文芸の枠を超えています。だから、読者も文芸の枠を超えて考えましょう。『般若心経』に有名な文言があります。「色即是空」。色（しき）は色恋のことではなく、現象全般のことだから、「色即是空」とは、現象の本質は「空」であり、在るようで実は無い、という意味になる。つまり、「心々ですさかい」と同じ謂いです。

ところが、仏教の底知れないところはそこで終わらず、「色即是空」を「空即是色」と反転させてしまうことです。経典では「色即是空」のあとに「空即是色」が来る。何も無い、でも、その無いものが、あらゆる在るをつくりだす。無いから在るへの再反転。つまり、「空」へ往ったあと、「空」にとどまらず、現実世界へ折り返す。

本多がほのめかしているのは、この折り返しです。往きがあるなら、還りがあるはずだ。『豊饒の海』の本文は「往き道」にすぎない。ならば、「還り道」はどこにあるか。

ない？　いえ、ある。

「昭和四十五年十一月二十五日」の日付です。

わかってもらえますか。三島が「天皇陛下万歳」と叫んで死んだ、あの「天皇」は、「髑髏に溜つた水」だった。三島は「髑髏に溜つた水」を、美酒のごとく呑み干してみせた。

思いきって、申しましょう。「天皇」が実体のない幻であるということを、三島は知り抜いていた。実体のない幻を実体のない幻と知りつつ、にもかかわらず、実体そのもののごとく信じてみせたのが、「昭和四十五年十一月二十五日」だった。そう読めるんです。『豊饒の海』が「往き道」なら、「還り道」は著者の死だった。「昭和四十五年十一月二十五日」という日付が、『豊饒の海』と著者の死とを結びつける蝶番（ちょうつがい）だった。小説の内と外を、蝶番でつなぐ。創作物と著者自身とを、蝶番でつなぐ。いかなるアヴァンギャルドも追いつかない実験を、三島はしていたんです。……

田鶴さんの話は哲学的すぎて、煩雑で、まわりくどくて、しっかり追いきれなかった。

しかし、「天皇」が「髑髏に溜つた水」とつなげられたときには、目がひっくり返される思いがした。

ただし、これはまだ序の口にすぎなかった。田鶴さんはつづけて、

――三島は「往き道」と「還り道」とを「昭和四十五年十一月二十五日」でつないで完結させた。

たしかに本人はそれで完結するかもしらん。が、私は終わらない。というより、そこからはじまる。はじめるしかない。

さあ、自分自身は、「髑髏に溜つた水」を美酒のごとく呑み干せるだろうか？　この問いが残

るわけです。

心は可塑的なものです。みっともないほど、ころころ変わる。しかし、目のまえの現実は頑なで、びくともしない。そんじょそこらの努力では、一ミリも動かない。人が操作できる現実の幅は、ひどく限られたものです。

たとえば「髑髏に溜った水」に致死量分の毒物が混じっていたら、どうなる？　いくら美酒に見立てておいしく呑み干そうとしても、身悶えして苦しんで、死んでしまう。肉体はモノです。モノはモノの法則に従う。人間は肉体に徹頭徹尾、限界づけられている。

現実を変えるには、ふたつの方法があります。

ひとつは、モノの法則を逆手にとることでモノを改造していく方法、すなわち科学技術です。もうひとつは、モノの法則を逆手にとるのでなく、心の法則を逆手にとることで現実の受けとり方を変えていく方法、すなわち宗教です。三島は後者の極限を問う。言葉を換えれば、肉体が心を限界づけるのでなく、心が肉体を限界づけ返す可能性はどの程度あるのか、ということです。

私は、自分自身を実験台に使って、それを検証してみよう、と思いついた。

まずは、新宿のファッションヘルスへ行って、「どう見ても美女の範疇に入る女」と、「どう見ても美女の範疇に入らない女」と、それぞれひとりずつ見つけて、かよいつめた。そして、「どう見ても美女の範疇に入る女」を醜女（しこめ）と思い込み、「どう見ても美女の範疇に入らない女」を美女と思い込み、さて、いったいどこまで、この価値転倒が自分の正直な実感を変えていくか、経過観察しました。

断っておくと、小生には倒錯的傾向がありません。女の好みは、平均的というも愚かなほど平均的だ。で、さて、結果はどうなったかというと、仔細に観察すれば、「どう見ても美女の範疇に入らない女」にもそれなりの美しさを発見することができたし、「どう見ても美女の範疇に入る女」にもそれなりの醜さを探すことができた。部分的な美しさをひとつ見出せば、それを拡大してある程度は好意を抱くことができるし、部分的な醜さをひとつ見出せば、それを拡大してある程度は嫌悪感を抱くことができます。しかし、半年かよいつづけて、「どう見ても美女の範疇に入らない女」を、「どう見ても美女の範疇に入る女」と同等、あるいはそれ以上に、愛着することはついにできなかった。

美醜の印象は、想像以上に根深く、抜き難く、私の存在に食い込んでいた。それは、厄介な硬い芯のようなもので、たぶん、仏教でいうところの「我」の当体なのでありましょう。それを壊さなければ、先へ行けない。が、私には壊すことができない。半年間の身体実験の、それが哀れな結論でした。……

田鶴さんの話はさっきまで真面目くさって、こむずかしかったのに、急にギアが切り換った。聞いているうちに、この人は大真面目なのか、ふざけているのか、わからなくなってきた。この人がファッションヘルスで女を抱く姿を、ぼくは想像できないし、想像したくない。

——鬱々と日をおくりました。予備校の講師をして稼ぎながら、「昭和鏡」の組織改革にも力を注ぎました。何を隠そう、諸悪の根源であるカネヅルを断ったのは、この私です。

昭和が終わり、平成になった。八〇年代が終わり、九〇年代になった。ふと首をあげて周囲を眺めると、世の中ではとんでもないことが進行していることに気づいた。経済のかたちがすっかり変わってしまっていたのです。

経済の「主」と「従」とが逆転していた。投機的なマネーが、実体経済の幾層倍もの規模で、世界を駆けめぐっていた。金融経済は実体経済のマネージャーであって、主人公はあくまで実体経済であるはずだった。ところが、金融が絶対君主として君臨するようになっていた。

マネーの奔流は、砂漠にアラビアンナイトさながらの不夜城を幻出させるかと思えば、不夜城を一夜にして廃虚に変えることもできます。レバレッジなどの金融技術を駆使すれば、最貧国を一気に高度成長の軌道に乗せることもできるし、大国を経済破綻させることもできる。形而下のマネーが形而上学的な威力を持って、現実を飴細工のように伸ばしたり、縮めたり、変形させる。マネーは「心」の側からでなく、「モノ」の側から現実を変える。マネーは頑丈な現実に信じがたい可塑性をもたらします。

その可塑性の秘密を知りたくて、私は一から経済学を勉強しました。サミュエルソンの『経済学』から、確率偏微分方程式を駆使する投資理論まで。しかし、学ぶだけではつまらない。学んだことを実践して、可塑性を実験してみなくてはつまらない。そこでコンピューターのプログラミングも習得し、自分なりの投資ソフトを組み立て、有り金すべて注ぎ込んで、自己流のトレーディングをはじめたのです。

ただ儲けるだけでは、これまた、つまらない。私は利潤専一のマネーの流れを捩じ曲げてやろうと企てた。マネーが生み出すマネーを、銀行や投資家が見むきもしないところへ投資し、経済合理性の関節を脱臼させ、経済の体質改善を図ろうとした。経済への漢方療法として。

しかし、この実験も思惑倒れでした。数百万のタネ銭を三桁上まで膨らませることはできたが、その程度のカネをちょろちょろ世間へ放流したところで、現実はびくともしない。ただただドブにカネを捨てたようなものでした。……

性の身体実験から、金融の体質改善実験へ、話はどこへむかっていくのか。何だか、不安になりだした。

この人は、どこか狂っていないだろうか。ひどく馬鹿げたことを、大真面目にやっていないだろうか。あるいは、馬鹿げたことのように見えて、本当は馬鹿げていないのだろうか。

——こんなはずではない、こんなはずではない、と歯嚙みしながら、またしても鬱々と日々をすごすことになりました。

しばらくして世間を眺めると、また、とんでもないことが起きていることに気づいた。プロ・ボーノという運動が世界にひろがっていたのです。

プロ・ボーノはご存知ですかね。英語にすると、フォ・ザ・グッド。フォ・ザ・マネーでなく、フォ・ザ・グッド。それをラテン語で、プロ・ボーノ。意味は、善きことのために。無報酬でもいい、生き甲斐を得るために働く。報酬よりも、働くことの意味を優先して働く、そういう運動です。

人間にとっての意味や価値は、最終的に社会へむかう。いいですか、これは、まがうかたなきコミュニズムです。党なき、統制なき、真に内発的なコミュニズムです。能力に応じて働き、必要に応じて得る、その見事な実践です。

いいや、まいりました。世の中はおもしろい。世間はひろい。思想家の頭のなかより、現実経済の先端は数倍もラジカルだ。しかも、プロ・ボーノに参加する人たちは、理論が先にあったのでなく、自己の欲求が先にあった。快感が先にあった。右も左もない。快感から意味へ折り返す。これこそ、究極の「還り道」ではないですか。

私は自分の考えの狭量を恥じました。そして、私なりのプロ・ボーノをはじめようと思った。今まで手に入れた技術と智慧を活用して。

さて、何をしたらいいか。今、何がいちばん求められているか。あれこれ考えてみたが、何てことはない、「昭和鏡」の活動のなかにすべてあることに気づいた。そもそもの初めから「昭和鏡」はプロ・ボーノだった。プロ・ボーノを知るずっとまえから、私たちはプロ・ボーノをやっていた。いや、煎じつめると、日本人の生き方も倫理もプロ・ボーノにすっぽり収まる。……

話はそこで一段落した。どうやらそれが、『豊饒の海』と「昭和四十五年十一月二十五日」との亀裂に触発されて到(いた)りついた、田鶴さんなりの答案であるようだった。

ぼくはようやく理解した。田鶴さんはただの秀才ではないし、ただのお馬鹿さんでもない。彼は徹頭徹尾、自分の頭でものを考える人だった。納得行くまで妥協せず、仮説を立てて実験して、仮説を立てなおして実験し、自分自身を実験台にして考えて行動する人だった。つまり、だれに見せるわけでもなく、たったひとりでデモをつづけてきたような人だった。年から年じゅう、沈黙のデモをつづけているような人だった。父とは何から何までちがう。こんなふうにデモをする人、こんなふうに思想を語り思想を実践する人に今まで会ったことがない。しかし、こういう人に遭いたいと、自分は長いあいだ願ってきたことを、田鶴さんが思い出させてくれた。

三島は「還り道」で造花のからくりをつかんで、見事に死出の花道を飾った。田鶴さんは造花ではない、生きた花を「還り道」でつかんで、「昭和鏡」を理想の思想団体に育てあげた。ぼくは、さて、どんな「還り道」で何を見出せばいいのだろう。いや、まずそのまえに、「往き道」を行けるところまで突きすすんでみなければ……。

身体の奥で何かが起こりつつあった。小さな虫が大量発生し、大量増殖して、うずうずむずむず蠢(うごめ)いて、旋廻しながら気道を這いずりあがってくる。身体の内が外側へめくり返されるような胸苦しさが、咽喉の下から突きあげる。突きあげる胸苦しさと、それを抑え込もうとする意識とがせめぎあう、その抑え込みがもはや不可能だと悟ったとき、気道、口蓋、鼻孔を何かが突き抜けて、脳髄の核へぶつかって弾けた。呻くような遠鳴りが聞こえる。帰れ！　帰れ！　帰れ！

しかし、どこへ？　ここへ。

10

九月の終わり、学生たちが大学にもどりだした。

四年生の秋学期のゼミは、発表と討議というスタイルを採らず、教員と学生、一対一の個別面談でまわしていく。

敢えて一対一に切り換えるのは、学生たちの横のつながりを遮断して、ごまかしの利かないところで論文執筆の孤独とむきあわせたいからだ。

秋ゼミの個別面談の一人目が、あなただった。


あなたの報告ファイルは逐一読ませてもらったが、カラジッチに対する距離のとり方にいささか危ういものを感じた。内戦には、当事者の数だけ正義がある。なのにあなたはカラジッチを自分好みの色に染めたいばかりに、無意識のうちにセルビア人寄りに傾いていないだろうか。セルビア人もムスリム人も暴虐をした、どっちもどっち、喧嘩両成敗でかたづけるのでなく、相対的にどちらの方が暴虐の度が激しかったか、どの程度に激しかったか、できればそこまで目配りしてほしかった。

もうひとつ、肝心な三島由紀夫とカラジッチとのつながりが、いっこうに見えてこないのが気になる。弟のルーカさんへのインタビューでも、決定的な証言が得られなかった。カラジッチ自身の言葉が得られていないのは、やはり、致命的かもしれない。

さらにもうひとつ、三島に対して、政治と文学とを切り離してむきあうことに疑念を抱く場面があったが、あれは困る。よけいなことは考えず、文学は文学、政治は政治、相互干渉させずにまっすぐすすんでほしい。テクストを丹念に正確に読んでいくという作業が政治に邪魔されておろそかになることを、私はもっとも恐れる。だいたい、「よくできたシナリオ」には、それなりの合理性や必然性があるのだから、放置しておけばいいではないか。今まで、うまく機能してきたのだ。何も寝た子を起こさなくても。


さあ、どんな顔して現われるかと待ちうけると、あなたはいつものようにヒールの音を高く鳴らして研究室に入ってきた。きょうも凛々しいスーツ姿、肌が焼けて、頬の肉が落ちて、顔が夏休みまえよりも長細くなったようだ。全身にぐったりした疲労感が滲み、意志ひとつでかろうじて身を支えているような痛ましさが漂う。就活の成果はあがっているのか、どうか。怖くて、こちらから訊けない。

あなたは遠すぎず近すぎず実に適切な距離をとって、むかいあわせの椅子に坐り、両掌を膝のうえに置いた。ただし、両掌はやわらかく重ねられず、堅く強く握りしめられていた。骨ばった手の甲に、静脈の青筋が浮きあがる。

「困ってるんです」

充血した目を尖らせて、あなたは弱音を吐いた。

「素材は溜まっても、手が動かなくて。カラジッチと三島をつなげればどうにかなるだろうと思って、見切り発車したけど、肝心の、カラジッチと三島のつなげ方がわからなくて、困ってるんです。カラジッチのセルビア語の著作が読めないということもあるし、英語や日本語の資料が少なすぎるということもあります。取材で何とか外郭はつかめるだろうとみくびっていたら、そんな簡単なものではないことに、今になって気づきました。取材を論文の体裁にまとめるということにも、抵抗があります。生きた言葉を殺してしまうようで」

一刻も早く抜け道が欲しい、そうでないとどうにかなってしまいそう、と目が訴えている。が、答えの亡者になると、答えの方が自分から逃げていく。

「まあ、そう、焦らないで」

わざと悠長になだめて、私はコーヒーを淹れた。ドリップ用フィルターをひらき、湯をちょろちょろ注ぎ、ほどよく蒸らし、さらに湯をちょろちょろ注ぐ。立ちのぼる香ばしさがあなたの気分をほぐしてくれることを期待して。

「どうぞ」

喫茶店の景品のマグカップを差し出すと、今まで堅く握りしめられていた掌が解かれ、ゆらゆらと宙に伸びた。

「恐れ、入ります」

コーヒーなんてどうでもいい、答えをください、と全身が無言で責めたてる。

私は一口すすってから、こういった。

「ボスニアとセルビアのルポルタージュを、無理やり論文に押し込もうとしても、無理です。だったら、どうでしょう、逆転の発想で行きませんか。論文でなく、ルポを書くということにしたら。ルポを三島論にするのでなく、三島論をルポにする。毎年、ひとりかふたり、フリースタイルの特例を認めることにしていますので」

卒論と称しても、学部レベルでは調べものの継ぎはぎに毛が生えたようなものしか出てこない。先行研究を比較考量して問題点を洗い出し、あらたな仮説を提出する、そこまで手がとどく学生は二十人にひとりいるかどうか。ならば、むやみに論文らしさで縛るより、本人のやりたいようにやらせた方がいい場合は、やりたいようにやらせよう。この特例措置のことを、教員仲間でワイルドカードと呼ぶ。そのカードをあなたのために使ってもいい、とほのめかしたのだ。

余裕のない目が急になごんだかと思うと、ゆがみ、ふるえて、両掌で覆われ、すすり泣きが漏れた。心の重しが一気にはずれたせいだろう。

それはよかった、と呑気によろこんでいられる状況ではなかった。危うい。あなたが危ういのでなく、私が危うい。

扉へ目をやる。もし学生や教員がこの場を目撃したら、どんな誤解が生じるかわからない。ひとつまちがうと、職を失うことになりかねない。私は席を飛びあがって戸口へ駆け、扉をロックした。

ふぅ、と息を吐く。危機は回避されたが、研究室が密室になると、次なる問題が浮上した。第三者が私たちをどう誤解するかでなく、あなたが私をどう誤解するか。とはいえ、これに対する手立てはない。扉のノブを後ろ手で握りしめ、棒立ちになったまま、私はあなたのすすり泣きがおさまるのを待つしかなかった。

すすり泣きが、どうやらおさまった。私は窓際の椅子へもどり、もとの位置より五十センチほどあなたから身を離して坐った。

くしゃくしゃのハンカチを丁寧に折りたたみながら、あなたはかすれた声でいった。

「ずいぶん、気が楽になりました。でも、論文がダメならルポ、というのは手軽すぎるし、自分だけ特別扱いされるのは嫌だから、何とか論文のかたちに収められるよう、努力してみます」

あなたは夢中で蜘蛛の糸にすがりつくかと思ったら、蜘蛛の糸を極楽に返上して、地獄の苦しみともう一度むきあおうという。虚を衝かれた。

「ご面倒、おかけしました」

立ちあがろうとして忘れものに気づいたらしく、あなたはバッグの口をひらくと、五合徳利ほどの瓢簞（ひょうたん）形の陶瓶を取り出して私に手渡した。黄土色の瓶の腹に、キリル文字のラベルが貼ってある。

「おみやげ、遅くなりました。ラキア、というセルビアの蒸留酒です。四十五度ありますので、ドカ飲みはやめてくださいね」

あなたはそういって無理に微笑を浮かべると、ヒールの音を高く鳴らして扉にむかった。来たときはあいていた扉が閉じられていること、しかもロックまでされていることにとまどいはしないかと案じたが、そんなことはあらかじめ承知のうえといった様子で、ごくごくしぜんにロックをはずして扉をあけ、外へ出て行った。

あなたはすすり泣きしながら、背後で教員があたふたと扉を閉め、ロックをかけるのを、冷静に観察していたらしい。


ラキアの陶瓶からビニールのラップを剝がし、コルク栓を指で抜こうとしたが抜けそうにない。栓抜きがないので鋏を使って何とか栓をこじあけ、鼻を瓶の口へ寄せると、癖の強いリキュールの香りが鼻孔を強襲して、顔を背けさせた。

それは、表面の凹凸を削りに削ってなめらかな球体をめざすていの洗練された香りではなく、依怙地(いこじ)に凸をさらに凸、凹をさらに凹に歪曲誇張して、球体を潰すことに躍起になるような、野卑な香りだった。ラガヴリンの頑なさとも異なる、どこまでもしつこく、ヤニっこい香り。

どろりとした黄色い液体を舌でねぶると、濃厚すぎる甘さのあとに暗い苦味が残り、舌が焼けるように痺れる。食べ物とのマリアージュを愉しむといった、なまやさしい酒ではない。酔うために呑む酒、目のまえの現実を忘れるために呑む酒だ。

あなたの報告ファイルにあったセルビアの諺を思い出す。「強い病気には、より強い病気で」。これなら、「より強い病気」に瞬間的にはなるかもしれない、と私は暗澹たる気分で納得した。

11

赤橙色に染まった欅の落葉が風に吹かれて、窓枠の内を斜めによぎって舞っていく。枝は揺れたり撓(たわ)んだりしていないので風は強くなさそうだが、葉だけは何かに急(せ)かされるように間断なく舞い散っていく。鳥の黒い影が、落葉の流れと垂直に交叉して走る。

欅並木のむこうには、菫色に薔薇(ばら)色を淡く溶けあわせた暮れ方の空がひろがっている。山際の夕空がしだいにつややかさを増し、熟したメロンの果肉を思わせる甘やかな情調を湛えていく。帰巣本能を掻きたてる、秋の夕空だ。


十一月半ば、ゼミの個別面談で君の番がまわってきた。

しばらく見ないうちに、君もずいぶんさま変わりしていた。本音を包み隠して、どこか茫洋としたところのあった以前の印象が消えて、やけにわかりやすい、自信のぎらつく男に変貌していた。君は同輩か同格の者に注ぐ視線で、私を無遠慮に直視した。「昭和鏡」とのつきあいが、君をこんなふうに変えてしまったのか。君の報告ファイルを読んだかぎりでは、あそこはそんな性格変容をもたらすような場所とは思えなかったのだが。

「変わったね」

だれが見ても明らかな変化をとらえて、ことさらに変わったねと指摘するのは馬鹿げたことだが、気づかぬふりして通りすぎるのも不自然なので、ひとまずそうつぶやいて相手の反応を探ることにした。

「うまく、変われましたか?」

この打ち返しは、あつかましさを通り越して、私の心を逆撫でした。こいつ、本当に変わってしまったのか。あらためて君の目を覗き込まずにいられなかった。

「名刺をつくったので、もらっていただけますか」

君は名刺入れから名刺を引き抜き、営業マンふうの世慣れたしぐさで差し出してきた。名刺を持ち歩く学生は少なくない。サークルの幹事や自治会の役員をつとめて対外的な活動をせざるをえない者たちは、何種類もの名刺を持ち歩く。だが、わざわざ教員に見せびらかしにくる者はいない。きょうの君は、何から何まで気にさわる。

片手で名刺をつまんで肩書きを見ると、学部学科名の横に、

〈歌詠み講社　昭和鏡　ネット宣伝担当〉

とある。

卒論準備の報告ファイルは「昭和鏡」への入会をほのめかすところで終わっていたが、まあ、どう生きようと君の勝手だし、隠者集団めいた右翼団体に君ひとり加わろうが加わるまいが、社会には何の影響もないから、どうでもいい。ただ、「ネット宣伝」は気になる。

「ネット宣伝なんて、そんなことをする団体だったっけ」

首をひねってみせると、君はこんなふうに説明してくれた。

「隠れているのは、存在しないも同じです。天皇だって、人として現れているから、意味があるのでしょう。だから、会のあり方の根本的修正を、ぼくが提起したんです。今までの『昭和鏡』は、組織やイデオロギーの毒から身を守るために、縮小路線をすすんできました。先輩方は『心ならずも』とおっしゃるかもしれないけど、現実は、主張すべきメッセージがなくなったから縮小せざるをえなくなった、というのではありませんか。和歌を詠み、御製を拝誦し、御製の冊子を配り、それだけで世間に何が伝わるでしょう。伝わりにくいことを伝わりにくいかたちで伝えつづけても、無意味ではありませんか……」

「まさか、そういったわけじゃないだろうね」

「いえ、いいました」

あッ、と声が漏れそうになった。こいつは何もわかっていない。自信を持つということは、無神経にふんぞりかえることではない。「昭和鏡」が直面した「利と理」の相克は、程度の差こそあれ、どの組織も共有する問題だろう。利に理が引きずられていくのがいたたまれなくて、彼らは利を断った。利に引きずられて、おぞましい自分になるより、ささやかでも理を貫く自分でありたいと願ったのだろう。そういう背景の思いには一瞥もくれず、ここには利もなく理もなく無意味しかない、と君は恥ずかしげもなく断じたのだ。

「もちろん、反発を食らいましたよ。あの温厚な田鶴さんが怒って、口も利いてくれなくなりました。でも、しばらくして、こういうんです。思想には『往き道』だけでなく、『還り道』が必要だ。三島の『往き道』が『豊饒の海』なら、『還り道』が『昭和四十五年十一月二十五日』だった。昭和鏡も『往き道』をさんざんすすんで『空』に行き着いたのだから、そろそろ『空』から折り返してみてもいいのかもしれない。折り返しの手始めとして、鷲見の主張を容れて、『ネット宣伝』活動をやってみよう。ただし、一年間の『お試し期間』つきで」

「田鶴さんが、そういった？」

「はい、そういいました」

返す言葉がない。利から理へ死にものぐるいで舵を切りなおした団体が、ふたたび利へと折り返すなんて。そんなことをしたら、今までの苦労が水の泡になってしまう。

が、「昭和鏡」がどうなろうと、私の知ったことではない。知ったことではないが、知らんぷりできないこともある。

「ネットで、何を発信する？　まさか、帰れ、帰れ、帰れ、じゃあるまいね」

あれをやったら、おしまいだ。あれだけは許せない。私のなかの正しさが、君の正しさを許さない。私のなかの戦後民主主義が、価値多元主義の建てまえを押しのけて、君の暴挙を断固許さない。

「お言葉ですが、ぼくがやりたいと思っているのは、そんな不格好なものじゃありません。ぼくらはただの右翼じゃないんです。老舗のなかの老舗右翼なんです。報告ファイルでもお伝えしたように、『昭和鏡』は何度も自分自身を壊しては、脱皮しているんです。不満の吐け口を弱い者に求めて嬉々としているのは、あまりに安易で、低能です。ぼくらは何よりも、思想と行動のあたらしい結びつき、あたらしい表現を求めて、活動していきたい。結果的に世のため人のためになることをめざしますが、ひとりよがりなショートカットをするのでなく、プロセスに美的なセンスを加えたい。倫理的であり、同時に、美的であるような……」

自分が問いかけて誘発したこととはいえ、答えが一方通行で、自己宣伝の臭みを放ちはじめたので、私は早々に話を断ち切って、今ここの喫緊の問題に君を引きもどそうとした。

「わかった。君の人生は、君が決めればいい。が、ともかく、当面の課題は卒論です。右翼と文学をつなげて書きたいとメールでは書いていたが、どうつなげるか。志賀重昂、保田與重郎、長谷川如是閑、三井甲之、いろいろなアプローチがあります。入り口として、橋川文三の『日本浪曼派批判序説』は、もう読んだ?」

卒論を書くには、五十冊以上の文献を読まなければいけないが、締め切りは来年一月半ば、あと二ヵ月しかない。焦らないといけないが、目のまえの男には焦りがまったく感じられない。

君は傲然といい放った。

「ご心配にはおよびません。卒論はやめます。ゼミの四単位がなくても、卒業はできます。ぼくの心は文学から離れて、世の中の仕組みを学ぶことに夢中です。就活をやめて、『昭和鏡』の活動をつづけながら、弁護士になろうと思います。法律は社会をよりよいものとするための道具になりますから。日本文学コースへ来たのは、まちがいでした。文学は勉強するものでなく、愉しむものです。法科大学院の入学試験も間近なので、きょうは、お別れの挨拶にまいりました」

12

年が明けること、年が改まることを、昔の日本人は、年返る、と表現した。

明ける、改まる、といえば、時間が古い身体を脱皮して新しい身体へ生まれ変わる、爽快さを感じさせるが、返る、といえば、時間が同じ身体を使いまわして老廃物を溜め込む、息苦しさを感じさせる。

時間が同じ身体を使いまわして、そこから永久に脱け出せないというのはつらいが、しかし、永久に脱け出せないといったん観念してしまえば、ずいぶん心持ちが変わるような気もする。たとえば、少しでも老廃物が溜らないようにこまやかに配慮したり、惜しみ惜しみ丁寧に時間とつきあうようになったり、時間の循環と生死の循環とを重ねてものを考えたりするようになったら、すばらしい。若いうちは循環する時間を不自由な檻と感じることが多かったが、歳をとるにつれ、循環そのものに自由を感じる度合いが増した。

年が返ったばかりのころあいのキャンパス風景は、脱皮と生まれ変わりのはざまで、貧寒として、実にさびしい。落葉樹の葉はことごとく落ちきり、銀杏の黄の絨毯は萎れ果て、楠の常葉も干からびて艶がない。寒椿の紅以外、あでやかな色が払底してしまう。

しかし、南関東の冬空は明るく澄んで、心地よい。湿気のヴェイルがないので、富士の峰が純白の絹の光沢を湛えて、目のまえになだらかな裾をひろげてみせてくれる。

一月半ば、卒論の〆切当日、憔悴した顔のゼミ生たちが研究室にのっそり顔を出しに来た。髪も髭も伸ばし放題伸ばして山男と化した男子学生もいれば、すっぴんをマフラーで恥ずかしそうに隠して現われる女子学生もいる。提出直前の一週間は一歩も家を出ず、不眠不休で頑張りました、とげっそりした表情で告白するゼミ生を見ていると、卒論追い込みの徹夜だけは今も昔も変わらないと知って、ほっとする。そして、これからも変わらないでほしい、と祈らずにいられない。

ゼミでもっともすぐれた卒論を仕上げた者には、ゼミを代表して学科生全員のまえで発表する栄誉が与えられる。卒論を最初から書こうとしなかった学生たちも、卒論を途中放棄してしまった学生たちも、発表者がだれになるかについては気がかりであるらしく、ツイッターやラインで下馬評を飛ばしあう。

代表の選出法は、ゼミによって異なる。教員がトップダウンで指名するところもあれば、投票に委ねるところもある。私のゼミは後者、全員一票、教員も一票、無記名の秘密投票。

一月末、「日本語文化歴史コミュニケーション学科卒論優秀作発表会」がひらかれた。

会場は定員三百の階段教室、午前九時に開会し、午後七時に閉会予定、一日がかりの大行事だ。学科には九つのゼミがあるので、発表者は計九名、各人には発表四十分間、質疑応答十分間、計五十分がわりあてられる。

一年生から四年生まで全学年が勢揃いする機会は一年にこの日しかないので、学生たちは気張ってドレスアップして参集する。アニメのコスチュームを恥ずかしげもなく着てくる者もいれば、隙のない和装姿で他を圧倒する者もいる。奢侈禁止令を出すのは無粋なので、放任している。事実上、やりたい放題といっていい。後輩たちは意中の先輩にまとわりついて、記念撮影したり、花束を渡したり、忙しい。残念ながら、教員にまでお愛想のおすそわけをしてくれる者はいない。

幕間の時間を使って、有志によるミニコンサートが同じ会場でひらかれる。琴や三味線や尺八などを奏する者もいれば、浪曲や謡いを披露する者もいる。しかし、せっかくの音曲もおしゃべりの騒音に掻き消されがちになるのは、仕方ないこととはいえ、もったいない。

退職した教職員たちや卒業生たちがお菓子や飲み物の差し入れをしてくれるので、受付のテーブルにはご祭礼の奉納酒樽よろしく菓子折が山積みされて、なかなかの壮観である。昼の休憩時間には菓子折が一斉放出され、階段教室がパーティ会場に早変わりする。そこにむらがる学生たちの食欲も、また壮観。

発表中は静粛だが、質疑応答になると活発に手が挙がり、ふだんの授業もかくなりせば、とひとりごちたくなる。質の高い発表には惜しみない賛辞がおくられ、そうでない発表には容赦ない指弾がなされる。準備不足を見抜かれたり、返答に窮したり、壇上で泣きべそをかいてしまう学生も出る。が、そういうときにはOBたちが学生をとりまいて、温かくアフターケアしてくれる。だれがそうしろと命じるわけでもなく、みながみな自発的におとなの配慮を行きわたらせて、遅滞なく会を進行させていくさまを目にするたび、よい職場を自分は得たと実感する。

今年度の峰岸ゼミ代表は、元手のかかった調べと熱のこもった文章が評価されたのだろう、構成と結論にやや難はあるものの、投票であなたに決まった。そして、教員同士の籤引きで、峰岸ゼミの発表はトリにまわることになった。

あなたは、先生の近くにいると心が落ちつく、とうれしいことをいって、最前列教員席の私の真後ろに坐りつづけた。が、他の発表に耳を澄ます心の余裕はなさそうで、原稿やパワーポイントのデータチェックに余念がない。昼休みの時間も、ほとんど口を利かず、また、ものを口にしなかった。日が傾いて自分の番が近づくと、あなたの顔色は蒼ざめて、ときおりテーブルのうえに腕がこみをつくってそこへ顔を伏せるようになった。早く未亡人になりたい、どころか、早く死にたい、といいだしかねないありさまだ。

発表は論文の棒読みであってはならないし、ただの要約になってもいけない、独立したひとつの作品であるべきだ、と私が忠告したのが災いしたらしい、あなたは卒論追い込みに引きつづき、またしても連続徹夜の苦しみを味わうハメになった。原稿は卒論と切り離してあらたに書きおろし、パワーポイントにありったけのデータを詰め込み、タイマー片手にリハーサルを繰り返し、質疑応答用に想定問答集まで準備したようだ。発表をしくじったら発表者個人の恥になるだけでなく、ゼミ全体の名折れになるという恐怖が、あなたに手抜きを許さなかったのだろう。その発表原稿を、あなたまかせにして、私は見ていない。

午後六時、窓の外はすでに暗い。

本音をいえば、どのゼミも自分の発表が終わりしだい呑み会へ直行したいところだろうが、そこをじっとこらえて最後の発表までつきあう。何の義理があるわけでもないのに、ＯＢたちも最後までつきあう。午前九時の開始から丸一日坐りつづければ、尻は痛むし、目はしょぼつくし、相当に疲労する。しかし、疲労すればするほど脳内麻薬が集団的に分泌されるごとく、会場に高揚感と熱気がみなぎっていく。

思えば、私たちは不思議なことをしている。テクストの断片の言葉を精緻に解釈したり、解釈と解釈をぶつけあわせて第三の解釈をとりだしたり、ああでもない、こうでもないと討議を重ねることは、社会の実利からほど遠い。しかし、こういう営みが社会の片隅に確保されることは、有用でないとはいえない。それは社会の幅や厚みを増すことにつながるはずだからだ。文芸を研究することは、社会と文芸とのかかわりを絶えず自問自答しつづけることでもある。

「さあ、プログラムのラストになりました。トリは峰岸ゼミですね。では、よろしく」

司会役の学科主任の声にうながされて、あなたとともに私は壇上にあがった。発表に先立ち、発表者と発表内容をコンパクトに紹介するのが、ゼミ担当教員の務めである。

階段教室はほぼ満席、いっせいに聴衆の視線が壇上にあつまる。

――こんにちは、いえ、こんばんは。

日が暮れてもかくも多くの方々にお残りいただき、まことにかたじけなく存じます。

さて、峰岸ゼミからは、橘アカネさんによる『三島由紀夫とラドヴァン・カラジッチ』をご披露いたします。

表題にあるラドヴァン・カラジッチの名は、たぶん、みなさま、ご存知ないでしょう。カラジッチとは、一九九〇年代のボスニア内戦時における、セルビア人共和国大統領であります。もともとは精神科医にして作家でもありまして、三島由紀夫を愛読すると伝えられています。

この人物、現在、オランダのハーグで旧ユーゴ国際戦犯法廷にかけられております。容疑は、内戦中の非人道的行為への関与です。ナチスまがいの民族浄化をした疑いもかけられています。そういう男でありますから、国際社会の評判は最悪で、「ヒトラーの再来」と称する人もいます。

セルビア人のカラジッチと日本人の三島由紀夫、ふたりがなぜユーラシア大陸の東と西とで精神的な化学反応を起こしたか、それが橘アカネさんが挑んだ問いであります。何だ、そんなもの、ウルトラ右翼同士だから引きあって当然だろう、とおっしゃるむきもあろうかと存じますが、橘さんはそう考えません。むしろ、真逆に考えます。つまり、ふたりともウルトラ右翼だから引きあったのではなく、ウルトラ右翼の仮面の下にウルトラ右翼ともっとも遠い、ウルトラ相対主義の認識者の顔を隠し持っているからこそ、引きあったのだ、と。この仮説を裏づけるために、彼女は自費でボスニアとセルビアへ飛び、本学ＯＢの通訳兼コーディネーターの助けを得て、インタビューしてまわりました。

三島由紀夫とカラジッチを「合わせ鏡」としてとらえる試みは、おそらくこれが本邦初にして、世界初でありましょう。先行資料がゼロ状態での研究ですから、いたらないところは多々あろうかとは存じますが、今までだれも手をつけなかったテーマに体当たりするという意気込みだけは、認めてやっていただきたい。かといって、点数を甘くしていただく必要はありません。それは本人がもっとも嫌がることでありましょう。

ではバトンタッチします。ご清聴のほど、よろしくお願いいたします。……

拍手が起きた。これさえ聞き終われば解放されるという心理が働くせいか、今までになく拍手が大きい。しかし、期待が高い分、落胆させたときのリバウンドも相当なものになるだろう。心してかからねばならない。大丈夫か、ちらとあなたの横顔に目を走らせると、かすかに唇がふるえていた。

泣いても笑っても、これっきり。あなたは是が非でも独力で三百人の聴衆を納得させなくてはならない。

——峰岸ゼミの、橘アカネと申します。

時間の制約がありますので、まことに勝手ながら、先生による内容紹介を序章に代えさせていただき、さっそくカラジッチが関与したボスニア内戦について、現地でわたくしが撮影してきた写真や動画をご紹介しつつ、ご説明したいと思います。……

かなりの分量の序章を用意していたのだろうが、瞬時の判断で序章を飛ばしたらしい。原稿をばさっとめくる音が聞こえた。

会場の照明がしぼられ、大型スクリーンにむこうの風景が次々と映し出された。カトリックのゴシック教会、イスラムのモスク、セルビア正教のバロック教会、ユダヤのシナゴーグ、墓地化したオリンピックスタジアム、弾痕がなまなましく残るビルの壁、廃虚と化した大図書館、ミリャツカ川の流れと糸杉、トルコふうのバザール、街角の石壁に嵌め込まれた死者の肖像、クラヴィツァ村の巨大十字架、コーチッチ小学校の元校長先生、朽ちたバンガローで語るハーグの証人、「復讐こそ正義」と訴えるスレブレニッツァの横断幕、スレブレニッツァの「母」、白大理石に刻まれた数知れぬ死者の名の連なり、それから、ベオグラードのカラジッチの隠れ家、元テレビキャスターのポポフさん、カラジッチの弟ルーカさん、グスラールのCDジャケット……。

ボスニア内戦の複雑な経緯と背景を説明するうち、話は迷路に入って、時間がどんどん過ぎていく。

内戦に重心が傾きすぎて、主題の三島由紀夫とカラジッチに話がおよばない。これでは民族紛争研究やスラヴ地域研究の発表にはなっても、文芸研究の発表にならない。さあ、うまく着地できるか。

あなたは私の焦りをよそに、三島ともカラジッチとも関係のない、あるSF小説について話をはじめた。

――伊藤計劃の『虐殺器官』という小説、みなさん、ご存知でしょうか。そこにもサラエヴォが登場します。ただし、イスラム原理主義者の手製核爆弾によって消滅した街として。

内戦やテロの渦巻く未来世界、主人公のシェパード大尉はあることに気づきます。内戦がひどくなる土地は、必ずあらかじめ奇妙な言語上の変化が生じる。それを著者は「虐殺の深層文法」と名づけます。タイトルの『虐殺器官』とは、言語の文法、言葉です。

この設定は読者の意表を衝いて、『虐殺器官』をゼロ年代日本SF界の最高作品へ押しあげました。ただし、残念なことに、著者の伊藤さんは作品発表の二年後に急逝します。

さて、わたくしは現実のサラエヴォへ行って、『虐殺器官』以上の「虐殺器官」と出遭いました。それは、高度で複雑な深層文法ではなく、日常の、ごくごくありふれた言葉でした。

ボスニアのツズラという街に、ICMP、国際行方不明者機関の司法解剖センターがあります。そこを訪ねると、巨大な冷蔵倉庫があって、内戦の犠牲者約千九百体の遺骨が、青や白のビニール袋にくるまれて棚にならべられています。倉庫に入ると、冷たくてじめじめした土の臭いが、霧のように身体にまとわりつく。臭いの元は、遺骨に付着する土、というか、土と化した肉です。

センターでは中年の女性職員がひとり、遺骨をビニール袋から取り出して洗浄し、骨を粉砕機にかけ、ＤＮＡのサンプルをつくっていました。このサンプルを遺族のＤＮＡと照合し、どれがだれの骨であるか、突きとめる作業をしているわけです。

その職員が、わたくしにぼそっとつぶやきました。

田舎の方が、酷いんだよね。

何が酷いかというと、殺され方が、です。

卒論を書いているあいだじゅう、その一言がわたくしの頭のなかで反響しつづけました。そして、卒論を書き終えたあと、あることに思いあたったのです。

クラヴィツァ村のバンガローに住む老人が、切れぎれに語りました。

ジョルジュの遺体はナイフで切り刻まれて、小川の横の建設現場で見つかった。首にはケーブルが巻きつけられ、手足はズタズタに刻まれていた。ラトコの遺体は、まだ見つかっていない。昔のことなんだがね。ポリチェビッチの遺体には、腕がなかった。ミロヴァンも、腕がない状態で見つかった。ニコリッジも、腕がない状態で見つかった。親戚のモムチロヴィッチという男は、ラポルトという場所で、ノラ犬のように殺された。昔のことなんだがね。昔のことなんだがね。もう、いいだろ……。

そう語った老人はセルビア人でしたが、きっと、ムスリム人の老人も、クロアチア人の老人も、同様のことを同様に語りつづけてきたし、語りつづけているし、これからも語りつづけるでしょう。そういう戦争だった。そういう戦争があった。セルビア人も、ムスリム人も、クロアチア人も、二十年まえ、半世紀まえ、百年まえの戦争の話を幼いときから聞いて育ちます。言葉は現実を一面化します。一面を全面化します。言葉が深い恨みの感情とからみあい、心のなかに堆積し、発酵し、蒸留されていく。この言葉の発酵蒸留過程は、都会よりも田舎の方がずっと激しいのだろうと想像されます。

都会にはセルビア人も、ムスリム人も、クロアチア人も、ユダヤ人も、アメリカ人も、ロシア人も、日本人も歩いています。肌や髪の色や言語がちがっても、食べて呑んで寝て、冗談いって笑いこける、同じ人間だということが、日々接すれば、わかります。だから、蒸留された言葉は現実に薄められ、現実に割られて、ひとり歩きができません。

ところが田舎では、現実に薄められず、現実に割られず、言葉が人から人へ、世代から世代へと受け継がれていきます。言葉は恨みの感情の器となり、集合的無意識に沈澱し、民族間のプレート境界面にマグマ溜まりをつくっていきます。境界面で摩擦が生じ、亀裂が走ると、マグマ溜まりのマグマが一気に地表へ噴き出し、殺しあいがはじまります。きのうまで表てむきは仲むつまじく暮らしていた一般市民が、ある日突然、隣りの一般市民を蹴り、脅し、殴り、犯し、刻み殺す。兵士が兵士を殺す以上の残忍さで。……

そこで言葉が途切れた。あなたは水差しからコップに水を注ぎ、左掌で口を隠しながら呑んだ。咽喉をごぼごぼと水が抜ける音を、マイクがひろう。

時間がない。そろそろまとめに入らなければいけない。だが、まだ一度も、三島の名が出てこない。

――人は、言葉を道具として生きている、つもりでいます。

しかし、事実は逆かもしれない、と最近思います。

人が言葉を道具として生きるのでなく、言葉が人を道具として生きているのかもしれない。わたくしがボスニアとセルビアで学んだのは、突きつめると、言葉が人を生かし、言葉が人を殺す、というシンプルな、あまりにシンプルな現実でした。

厄介なのは、殺す言葉と生かす言葉とが、たやすく見分けられないことです。見分けがつきにくいので、見かけについ騙されてしまう。見かけは生へつなげるようで、実際は死へ導く言葉もありましょう。見かけは死へ導くようで、実際は生へつながる言葉もありましょう。国家を生かすための言葉が、国家を滅ぼした例もあります。個を生かすはずの言葉が、個をスポイルした例もあります。生かすも殺すも、素朴な二分法では捌けません。

三島由紀夫とカラジッチ、ふたりは政治と文学、ふたつの言葉のあいだに身を置きました。政治の言葉と文学の言葉は、水と油のように弾きあいます。政治の言葉は全体に語りかけ、文学の言葉は個にささやきかける。政治の言葉は多様な個をひとつの全体に束ねようとしますが、文学の言葉は全体をばらばらな個に還元します。

三島もカラジッチも、弾きあう二種の言葉を、自身のなかで刺しちがえさせたかのように見えます。

音楽用語に、「逆進行の対位法」というのがあります。主旋律がドレミファと音階をあげていくとしたら、副旋律はファミレドと音階をさげていく、それを同時進行させる作曲技法です。三島由紀夫の人生に耳を澄ますと、各種の「逆進行の対位法」が聴こえてくるような気がします。ドレミファとファミレド、強烈にコントラストを描きながら同時進行するのが聴こえてくるような気がします。

カラジッチもまた、そういう人であったと思われます。ジャーナリストのポポフさんや弟のルーカさんの証言を信じるならば、彼は政治家になるつもりなどなかったのに、時代の流れによって政治家に押しあげられてしまいました。内戦には一貫して反対を唱えていたのに、にもかかわらず、あるいは、だからこそ、内戦がはじまると内戦の最前線に立たざるをえなくなった。

似たような人がいたな、と日本史で思いついた名は、松平容保(かたもり)、西郷隆盛、山本五十六です。会津藩主の松平容保は、貧乏籤を引くことを承知のうえで、にもかかわらず、あるいは、だからこそ、京都守護職を引き受け、薩長を敵にまわし、戊辰戦争で火ダルマになりました。西郷隆盛は、勝算がないのを承知のうえで、にもかかわらず、あるいは、だからこそ、世の不平不満を吸い込む神輿(みこし)役を引き受け、故郷で自刃しました。山本五十六は、日米開戦が日本を窮地に追い込むことを承知のうえで、にもかかわらず、あるいは、だからこそ、逃げずに連合艦隊司令長官の役を引き受け、戦場に散りました。三人ともに共通するのは、敢えて火中の栗を拾い、敗れ去った者であるということです。

精神科医であり作家でもあったカラジッチの内部では、政治の言葉と文学の言葉、ドレミファとファミレドがめまぐるしく同時進行していたはずです。内戦には反対だが、他の者にまかせればさらに内戦が拡大する、ならば、自分が内戦をハンドリングして、災いを最小にとどめよう。彼が火中の栗を拾ったのは、そう考えたからだと思いたい。

そろそろ時間です。

どう結論づけてよいのか、まったくわかりません。

言葉が人を生かしもすれば殺しもする、だから政治の言葉を疑おう、というのでは単純すぎるし、だから文学の言葉を信じよう、というのではナイーヴすぎます。

ヘソ曲がりと嗤(わら)われるかもしれないけれど、わたくしたちも心に「逆進行の対位法」を失わず、絶えず言葉を吟味して、人を生かす言葉が人を殺す言葉に転じないよう、注意を怠ってはいけない。現時点で、わたくしにいえるのはそこまでです。……

言葉が途切れ、沈黙が流れた。これで発表が終わりかと早とちりして、拍手がぱらぱらと起こりかけたとき、マイクがふたたび声をひろった。

——最後に、報告があります。セルビア正教は一月にクリスマスを祝います。先日、ベオグラードからクリスマス・プレゼントがとどきました。

それは一本のメールでした。発信者はカラジッチの弟ルーカさん。彼は去年十一月、戦犯法廷の拘置室でカラジッチと面会し、日本の一女子学生が訪ねてきた、その人は兄貴が三島に興味を抱く理由をしきりに知りたがっていた、と伝えてくれたそうです。

すると、カラジッチは、たまたまルーカさんが差し入れていたボードレールの『悪の華』を手にとり、一ページを引きちぎって、手渡しました。この一節を日本の女子学生に見せてやってくれ、そうすれば充分だ、といい添えて。

ルーカさんからのメールには、カラジッチが引きちぎった紙片の画像が添付されていたので、それをご披露します。

Singulière fortune où le but se déplace,
Et, n'étant nulle part, peut être n'importe où !
Où l'Homme, dont jamais l'espérance n'est lasse,
Pour trouver le repos court toujours comme un fou!

図書館で原書と照合すると、これは一八六一年、ボードレールがパリで出版した詩集『悪の華』第二版に収録された、「旅」と題される長い詩の一節でした。

サンギュリエール・フォルチュヌ・ウ・ル・ビュ・ス・デプラス、エ、ネッタン・ニュル・パール、プテートル・ナンポルト・ウ！　ウ・ロム、ドン・ジャメ・レスペランス・ネ・ラース、プール・トゥルヴェ・ル・ルポ・クール・トゥジュール・コム・アン・フゥ！

第二外国語でかじっただけのフランス語ですが、邦訳を参照しながら試訳してみました。

奇妙ナ運命ヨ　ソノ目的ノウツロウコト　メマグルシク
目的ナド　ドコニモアリハシナイ　ダカラ　ドコニモアル
人ハ　希望ヲ絶ヤスコトナク　カスカナ安息ヲ見出サントシテ
イツモ駆ケズリマワル　狂人サナガラ

三島がボードレールを愛読していたのは周知の事実なので、「旅」に触れた文章が残っていないか、四十四巻の全集をひっくり返して探しましたが、見つかりませんでした。

カラジッチからの暗号を謎解きして、格好のいいところもお見せして発表を終えたかったのですが、謎解きはいまだにできていません。無念ですが、これがわたくしの限界です。

舌足らずな発表をさらに舌足らずな報告でしめくくることになりましたことを、心よりお詫び申しあげます。……


目を伏せ、心底悔しそうに眉をひそめて、あなたは発表を終えた。不首尾な発表にどう反応すべきか、だれもが態度を決めかねるらしく、義務的な、気のない拍手が起こっただけだった。

「三島由紀夫とカラジッチ」という表題を掲げながら、話の大部分はボスニア内戦に終始し、最後に取ってつけたように暗号の話が紹介されたが、謎解きにはいたらない。不体裁なこと、このうえない。卒論本文にはもちろん暗号の話はなく、結論部ではパスカルやハイデッガーやラカンまで引用して、もっともらしい体裁をととのえていたが、それをそのまま語りに乗せようとすると無理があったのだろう。

贔屓目に見れば、あなたは正直すぎるほど正直に今の気持ちを伝えようとしたのにちがいない。内戦の重い事実をまえにして、カラジッチも三島も影が霞んでしまった。そして、内戦を掘りさげると、言葉の存在論的次元、ないし、無意識的次元に触れて立ちすくみ、三島とカラジッチは置き去り同然となった。あるいは、言葉の問題の内部に回収されてしまった。

質疑応答の時間に入ったが、めずらしく手が挙がらない。不首尾を突こうにも、不首尾は明々白々なので、突つきようがないのだろう。こんなことなら、質問者のサクラを用意しておくべきだった。

だれも質問しなければ、私が質問するしかない。だが、ゼミ担当教員の質問は、時間の穴埋めであることが歴然で、発表者は惨めな思いをするだろう。どうしようか、迷った。質問者へマイクを渡す係の女子学生に目配せすると、彼女は一瞬私と目を合わせたあと、すぐに階段教室の奥へ顔をむけ、一目散に階段を駆けのぼりはじめた。

質問者が他に現われたらしい。やれやれ。

しばらくして、男の声が会場に響きわたる。聞きおぼえがある声、それは君の声だった。

——日本文学コース四年の鷲見恭一朗です。

全力投球の発表、いかにも橘さんらしくて、感銘を受けました。

ぼくは峰岸ゼミに属しながら、卒論を途中放棄したので、偉そうなことは申せません。ただし、卒論を放棄したのは、卒論から逃げたからではなく、人生の新しい目標が見つかって、卒論どころではなくなったからです。橘さん、そこのところ、誤解のないようお願いします。……


怒りがふつふつ湧きあがった。

君は公的な言語空間のなかに、無理やり私的な言語を押し込もうとしている。公衆の面前で、当事者しかわからない、内輪の果たし合いをはじめようとしている。それがどれほど恥知らずなことか。

食い止めなくては、と私は焦って席から立ちあがり、階段教室の階段をのぼりだした。


——指摘したいことがあります。

橘さんはボードレールの詩片の暗号と符合するものを見出そうとして、四十四巻の全集をひっくり返したが、とうとう見つからなかった、とおっしゃった。

あなたの目は節穴ですか。

目のまえにあるではないですか。

ドコニモアリハシナイ　ダカラ　ドコニモアル
ドコニモアリハシナイが、『豊饒の海』ですよ。

そして、ドコニモアルは、『豊饒の海』末尾の日付、「昭和四十五年十一月二十五日」です。一方は記憶もなければ何もナイところへ来た、で終わる。他方は、天皇および日本の価値が実体的にアルことを実証しようとして果てる。……

階段教室の最後列の右端に、君はいた。黒のタートルネックに黒のレザージャケット、十一月の面談のときよりもさらに自信に充ちた、不敵な笑みを浮かべて君は立っていた。

三十段ほどの階段を息を切らして昇りきると、机のうえに民法のコンメンタールと文字がぎっしり書き込まれたノートが載っているのが目に入った。勉強の仕方を知っている者のノートだ。君はいつからここにいたのか知らないが、発表を聴きながら、法律の勉強をしていたらしい。そんな無理をしてまでここにいるのは、ひとえにあなたに復讐するためか。嫌らしい男。

君は私のことなどまったく意に介さず、視線を壇上のあなたから離すことなく、憎らしいほどの落ちつきをもって喋りつづけた。

こんちくしょう、と思って、私は右腕を伸ばして君の視界のなかに突っ込んだ。早く、マイクを返しなさい。公的な場に私的な怨恨を持ち込む不届きは許さない。恥を知れ。今の君はチンピラ右翼と何ら変わらない。私は右翼が嫌いだ。

そのとき、壇上からいつになく苛立たしげな、甲高い、あなたの声が飛んできて、私の腕をぴしゃりと払いのけた。

――先生、邪魔しないで。

見返すと、あなたはかなたの壇上から私を睨みつけていた。ぴしゃりと払いのけられた腕が、痛い。痛いはずはないのに、痛い。

私はあなたを守るために階段を駆けのぼり、君からマイクをもぎとろうとしたのに、どうしてあなたから邪魔物扱いされなければならないのか。君もあなたも、なぜ手に手をとりあって私を置き去りにするのか。

君は満足げな表情を浮かべ、ふたたび語りだした。

――ふたつは矛盾している。ふたつのあいだには、深い亀裂が走っている。ドコニモナイと、ドコニモアルは、本来、逆接の接続詞シカシでしか結ばれないものです。たとえば、神ハドコニモナイ、と、神ハドコニモアル、と、対比させれば一目瞭然でしょう。

ところが、ボードレールという詩人は、シカシでなく、ダカラという順接の接続詞でふたつを結んでみせたのですね。これは、驚いた。

シカシからダカラへの切り返しは、簡単ではない。そこには、得体の知れないものが隠されています。どうせ何もナイんだから、何でもいいや、といった負け犬ニヒリストの棄て台詞とは根本的にちがう。神ならば神を焼き滅ぼす、焼き滅ぼすだけでなく、神を神の見かけのまま、神ならぬ別モノへ変容させる。たとえば生きた神から、造花の神へ。生きた花も造花も見かけは同じだが、中身が根本的に異る。そういうスクラップ・アンド・ビルドが、ダカラという一語には隠されているはずです。

三島は、「天皇」を、いったん焼き滅ぼしている。ゼミの峰岸先生ではなく、ぼくが参加している政治団体「昭和鏡」の田鶴さんがそう教えてくれました。橘さんがいうように、見かけを信じてはいけない。三島の「天皇」は他の右翼のいう「天皇」と見かけは同じだが、まったく異るものです。右翼は三島に欺かれている。

したがって、『豊饒の海』と「昭和四十五年十一月二十五日」とは、逆接の接続詞シカシでしかつながらないように見えて、順接の接続詞ダカラでつながりあっている。カラジッチはそれを見抜いていた。とすれば、カラジッチも三島も、狂信的な民族主義者ではありえない。橘さんの仮説は、まちがっていない。カラジッチの「民族」も造花だった。『悪の華』も造花だった。それをたった今、確信しました。長いあいだ、誤解をしていたことを、お詫びしたい。……

辛抱しながら聴いていると、話は思いがけない方向へすすんでいった。

君は田鶴さんの『豊饒の海』解釈を借用して、あなたを立ち往生から救い出そうとした。私は田鶴さんの解釈に、必ずしも同意しない。テクスト外の現実をテクスト内とアクロバットにつなげるのは、文芸研究の掟破りだからだ。研究者には、そんな暴挙は許されない。一体に、田鶴さんも君もあなたも、三島を買いかぶりすぎている。文芸は所詮、文芸だ。三島は所詮、人だ。文芸の分、人の分を超える整合性は、狡智な罠ではあるまいか。

ともかく、君は復讐するためでなく、和解するために、ここへ来たのであるらしい。誤解して、申し訳なかった。

恥じ入る気持ちが斜めから差し込む。教員のくせに、私は学生に対して、信義と公正でなく、猜疑と悪意を先立ててむかいあおうとした。

――しかしながら、であるからこそ、あなたも三島も、ぼくにとっては敵でありつづけます。あなたに未練があるからじゃありません。ぼくは造花など要らない。造花の父を求めつづける女も要らない。あくまでも、本物の天皇と日本を知りたい。そして、本物の憂国者でありたい。だから、橘さん、三島さん、さようなら。

参考文献など

高木徹著『ドキュメント　戦争広告代理店――情報操作とボスニア紛争』講談社文庫　二〇〇五年
Nick Hawton "The Quest for RADOVAN KARADŽIĆ" Hutchinson, London, 2009
ファン・ゴイティソーロ著・山道佳子訳『サラエヴォ・ノート』みすず書房　一九九四年
四方田犬彦著『見ることの塩――パレスチナ・セルビア紀行』作品社　二〇〇五年
山崎洋・山崎淑子共訳編『ユーゴスラビアの民話II　セルビア英雄譚』恒文社　一九八〇年
水口康成著『ボスニア戦記』三一書房　一九九六年
明石康著『生きることにも心せき――国際社会に生きてきたひとりの軌跡』中央公論新社　二〇〇一年
柴宜弘著『ユーゴスラヴィア現代史』岩波新書　一九九六年
柴宜弘監修　百瀬亮司編『旧ユーゴ研究の最前線』渓水社　二〇一二年
『決定版　三島由紀夫全集』新潮社　二〇〇〇～二〇〇六年
井上隆史著『豊饒なる仮面　三島由紀夫』新典社　二〇〇九年

カラジッチ関連の取材では左記の方々からご協力を得ました。心よりお礼申し上げます。

コーディネーターの富永正明氏、三菱商事の杉野俊樹氏、中杉真一氏、本田裕保氏、カラジッチの弟ルーカ・カラジッチ氏、カラジッチの専属弁護士のゴラン・ペトロニェビッチ氏、ジャーナリストのミオドラグ・ポポフ氏、クラヴィツァ村のペータル・コーチッチ小学校、NGO法人「スレブレニッツァの母」、ハーグの証人ドラゴミル・ミラディノヴィッチ氏、ベオグラード大学法学部教授のコスタ・チャボスキー氏、言語学者のドラガナ・シュピッツァ氏、潜伏時代のカラジッチを知るパヴロヴィッチ・ニコラ氏、およびサラエヴォとツズラに事務所があるＩＣＭＰ（国際行方不明者機関）の職員諸氏。なお、カラジッチ本人への取材は種々の壁に遮られて、断念せざるをえませんでした。

歌詠み講社「昭和鏡」にはモデルがありませんが、三井甲之が蓑田胸喜らと一九二〇年代にはじめた「原理日本社」に似ているという指摘を、雑誌掲載のあと、慶應義塾大学教授の片山杜秀氏からいただきました。これはまったくの偶然です。著者は自身がかつて各種右翼団体とつきあった経験から総合して、理想の右翼を描いたつもりです。

『豊饒の海』解釈については、著者が本名で一九九〇年に発表した『豊饒の海』あるいは夢の折り返し点」と重複があります。ボードレールの「旅」の一節は、佐藤朔先生の名訳を参考にして、わざと稚拙に著者が訳しました。「ダカラ」は恣意的な訳ではありません。

雑誌掲載にあたっては講談社の佐藤とし子氏、原田博志氏、長谷川淳氏、見田葉子氏、北村文乃氏、単行本化にあたっては中田雄一氏にお世話になりました。編集諸氏の徹底したゲラ読みとアドヴァイスによって、空中分解寸前の物語がかろうじてひとつの輪郭を得るにいたりました。

また、須藤寿恵氏、奥村実穂氏、小山英俊氏、池孝晃氏、重里徹也氏、および遊学講社「縄文源氏の会」諸氏には一貫して励ましをいただきました。記して感謝いたします。

初出　「群像」二〇一五年九月号

装幀　川名潤（prigraphics）

三輪太郎（みわ・たろう）
1962年名古屋市生まれ。早稲田大学第一文学部卒業。出版社勤務のかたわら、評論、小説などを書き始める。90年「『豊饒の海』あるいは夢の折り返し点」で第33回群像新人文学賞「評論部門」受賞。2006年「ポル・ポトの掌」で第1回日経小説大賞佳作受賞（後に『あなたの正しさと、ぼくのセツナさ』に改題）。他の著書に『後生ゴショー』『マリアの選挙』『死という鏡　この30年の日本文芸を読む』『大黒島』など。

憂国者たち

二〇一五年一一月一〇日　第一刷発行

著者——三輪太郎

発行者——鈴木　哲

発行所——株式会社講談社
東京都文京区音羽二—一二—二一
郵便番号　一一二—八〇〇一
電話　出版　〇三—五三九五—三五〇四
販売　〇三—五三九五—五八一七
業務　〇三—五三九五—三六一五

印刷所——凸版印刷株式会社

製本所——黒柳製本株式会社

ISBN978-4-06-219804-2